谨以此部诗集献给我散落在祖国各地的战友

我写诗不是为了把文字分行
而是为了将走远的人一个一个拉近

——作者

陈灿

安徽怀远人，现居杭州
20世纪80年代初参加祖国西南边境自卫防御作战
原杭州大学中文系毕业
中国作家协会会员
浙江省作协八届全委会委员
著有诗集《陈灿抒情诗选》《抚摸远去的声音》
长篇报告文学《硬骨男儿》等
作品选入《战地诗抄》《老山战士诗选》《浙江诗坛五十年》《浙大诗选》等
曾获《诗刊》社举办的全国诗歌奖
《人民文学》举办的全国优秀报告文学奖等奖项

陈灿 著

士兵花名册

我要一笔一划
一丝不苟地写
我要把你们喊不醒的名字写活
我要让你们碎了的名字
整整齐齐列队
请老连长按着这个花名册
再点一次
你们的名字
我仿佛听到队列中
那些空了的位置上
回声四起——

红旗出版社

版权所有 翻印必究

红旗出版社 HONGQI PRESS 推动进步的力量

图书在版编目(CIP)数据

士兵花名册 / 陈灿著. ——北京：红旗出版社，
2019.9
ISBN 978-7-5051-4928-1

Ⅰ.①士… Ⅱ.①陈… Ⅲ.①诗集-中国-当代
Ⅳ.①I227

中国版本图书馆CIP数据核字(2019)第172152号

书　　　名	士兵花名册		
著　　　者	陈　灿		
出 品 人	唐中祥	封面版式设计	戴　影
总 监 制	褚定华	责任编辑	赵　洁
责任印务	金　硕	特约编辑	刘立云　陈晓嘉
出版发行	红旗出版社		
地　　　址	(北方中心)北京市沙滩北街2号	邮　编	100727
	(南方中心)杭州市体育场路178号	邮　编	310039
编 辑 部	0571-85310467		
E-mail	498416431@qq.com	发 行 部	(北京)010-57270296
			(杭州)0571-85311330
图文排版	杭州兴邦电子印务有限公司		
印　　　刷	杭州广育多莉印刷有限公司		
开　　　本	710毫米×1000毫米　1/16		
字　　　数	70千字	印　张	14.5
版　　　次	2019年8月北京第1版	印　次	2019年8月杭州第1次印刷
ISBN 978-7-5051-4928-1		定　价	48.00元

欢迎品牌畅销图书项目合作　联系电话:(北京)010-57274627
　　　　　　　　　　　　　　　　　　　(杭州)0571-85310198

凡购本书,如有缺页、倒页、脱页,本社发行部负责调换

序一

陈灿同志诗集新作即将出版，嘱我写序。

我和陈灿同志认识，是2011年秋，当时我们中央第六地方巡视组去浙江，陈灿同志是浙江省纪委派给巡视组的联络员。他个头不高，很敦实的样子，话少，谦逊，工作非常认真负责。过了一段时间，我们慢慢熟悉起来，有一天晚饭后，在驻地散步谈到文学创作时，他对我说也喜欢写诗。这时我虽然已经离开中国作家协会党组书记的岗位，但依然关注文学事业发展，对年轻同志，特别是业余时间从事文学创作的同志，更多一份关心。我很高兴，就说有作品送我欣赏下。于是他送来新出版的诗集《抚摸远去的声音》。

草绿色的封面，透出青春的活力气息。读了他的诗才知道，陈灿同志参加过上世纪八十年代的老山防御作战，身负重伤，在病床上躺了两年多。但无论在前线猫耳洞，随时准备为国牺牲，还是经受着伤痛的巨大煎熬，陈灿同志始终没有放弃对诗歌、对文学的由衷热爱。在前线没有纸，就写在香烟包装纸上；躺在病床上一动不能动，就口述，让护士记录。他的诗，在前沿阵地上传看，给战友提振战斗的勇气，在后方医院里传诵，鼓舞战友们战胜伤病，重回保家卫国的前线。当他刚能下床时，就拄着双拐，给一同养伤的战友朗诵《双拐》，把腋下的双拐赞美为人生河流中的双桨，在医院里引起了强烈反响。2012年，在杭州举行的"战士诗人陈灿诗歌研讨会"上，陈灿同志又一次朗诵了这首诗，我和在场的人都深受感动。

经过七百多天的艰难治疗，甚至把腰间的骨头取下补到腿上，陈灿同志奇迹般地伤愈了。作为原南京军区第一师两位穿着军装上大学的战士之一，他走进了杭州大学中文系。部队转业后，到浙江省委部门工作，经历过多个重要岗位，工作成绩突出。在繁忙工作之余，陈灿同志一直没有放弃对文学的热爱，笔耕不辍，在诗歌、散文、报告文学等方面，都取得了丰硕的成果，多次获得各类奖项，被评为杭州市年度优秀作家。他还到中国作协所属的鲁迅文学院中青年作家高级研讨班交流，把自己战斗、工作、生活的经历和体会与其他作家朋友分享。

虽然老山作战已过去三十多年，但那段烽火连天的日子，永远留驻在陈灿同志的心里。近年来，他数次重返当年战斗过的地方，缅怀牺牲的战友，考察边疆经济社会发展。同时，也在反复回忆、思考、体验已经逝去的战斗生活。"在心为志，发言为诗"，这些情感的激荡和思考的成果，陈灿同志用诗的形式表现出来，就集成了这本《士兵花名册》。这比在猫耳洞里小战士的"急就章"，又深刻了许多。

陈灿同志是以军旅诗步入诗坛的。他的诗歌洋溢着强烈的爱国主义和革命英雄主义精神以及对美好生活的向往与追求，反映了一个"战士诗人"的崇高使命和强烈的责任感。读了他的诗给人以催人奋进、奋发向上的一种力量。同时，也是在诗歌艺术上努力探索追求的佳作。诗歌的韵律节奏、形象塑造、氛围营建等方式手法的运用都较为纯熟，和主题思想相映生辉，努力把主旋律内涵与现代艺术创作相结合，殊为不易。

习近平总书记在中国文联十代会、中国作协九代会开幕式上的重要讲话中，要求广大文艺工作者"把艺术理想融入党和人民事业之中，做到胸中有大义、心里有人民、肩头有责任、笔下有乾坤，推出更多反映时代呼声、展现人民奋斗、振奋民族精神、陶冶高尚情操的优秀作品"。衷心希望陈灿同志牢记习近平总书记的要求，不忘初心，继续前进，不断深入生活、深入实际、深入群众，汲取创作素材，激发创作灵感，提升艺术造诣，持续创作出更多更好的精品力作。逐梦之心永驻，艺术之树常青！

2017年4月15日

（金炳华，中国作家协会名誉副主席、原党组书记）

序二

友人转来一位参加过西南那场战事的诗人所创作的一部诗集《士兵花名册》。我知道，在国人的眼里，我是一个小说家。其实，中国是诗的国度，不用说识文断字的人，就是连自己名字可能都写不出来的人，嘴巴里也会吐出几句"顺口溜"。而那些所谓的"顺口溜"，也像牙牙学语的小儿嘴里背诵的"鹅鹅鹅"一样，再正常不过了。一直以来人们公认"诗书画"是一家，从这个角度上讲，作为汉语，小说能写出诗意，影视能达到真正的诗意的效果，包括人的日常生活能活出"诗意"来，那都是最高境界了。换句话说，"诗意"就是中国文化最高的审美意趣了！

但是，说句实话，由于种种原因，我这些年接触新诗还是有限的。

看了"战士诗人"陈灿的诗，还是给我带来一些意外的收获。那就是作为一个部队文艺工作者，我为部队培养出这样一位战友而感到高兴。这不仅是因我们都喜爱文学，更为重要的是，他现在已经脱下了军装，但依然保持着军人的情怀，而且笔下始终书写反映军旅生活的作品，一直为军队、为战友倾注着他的情感。这是十分难能可贵的。我们都有着共同的对那场战争的情感注入。所以，正如陈灿自己所讲的，他虽脱下了军装，但他脱不下军人的情结……这些，都是我愿意为《士兵花名册》说几句话的理由。据说他们到前线在临上阵地前，看的是根据我的小说《高山下的花环》改编的电影，许多战友哭得稀里哗啦。这一点我能理解。这不是我们的战士不够坚强，实际上，他们当中大多数人在参战前就已经看过这部电影或小说了。但作为一般的观众和即将奔赴战场的士兵看这部作品，那种感受是大不一样的。所以，虽然自古以来写战争的诗篇有许多，而在众多关于战争体裁的诗篇中，真正出自参过战、又是写战争诗的诗人的作品并不多，尤其是在和平时期。在这篇文字里，本来我不想也不能对他的诗句作过多的主观评价，但当读了《一个士兵留下什么》《这样一群人》《出征酒》《出征的人》，还有《士兵花名册》《搬运遗体》《一块头盖骨》等诗作时，给人所带来的视觉与情感冲击，是我始料不及的，仿佛一个新兵初入阵地便被枪林弹雨铺天盖地劈头盖脸《落下来 落下来》……我觉得，这是迄今为止在我对新诗有限的阅读中，我所能读到的一个参加过战争的士兵所创作的关于那场战事的最让人怦然心动的一部诗集。读他的作品，没有当今诗坛存在的浮华与虚假。更可贵的是，从他前后跨度三十余年的诗作中，几乎每一首都饱含着一个军人的至深大爱、家国情怀，即使为数不多的抒发个人情感的小诗，也写得如此鲜活、激情饱满、令人震撼。抛开他出色的诗才，这都是一个真正经历过血与火考验过的战士，对国家、对亲人、对生活、对美的独特心领与神悟。这也是一部参战士兵的个人心灵史。每一行诗句中都能够读出诗人饱蘸着激情、热血与大爱的大气抒怀。你仿佛看到诗人手中握着的不是笔，而是把自己的灵魂捧在手上；那纸上游动的文字，仿佛是一个个"碎了的名字"，真的被诗人喊了起来，在诗句中闪动着惊异的目光，似在追问，又充满渴望、期待与感激。

　　但凡有过从军经历的人，一生中都或多或少留存着军人的印记。而作为一个参过战的老兵，在他的生命中，这一种经历应该是更加刻骨铭心。正如诗人自己所说，曾经穿过十几年军装，现在脱下军装十几年，但军人的情结无法随着军装一同脱下，"感情里始终有一颗上了膛的子弹"。诗人怀着对国家的赤子之心，对军队的血肉情缘，对战友的一往情深，对故土的至深爱恋，都用诗歌的方式表达出了无限敬意。如果说，我那部作品是我当年作为小说家，用小说的形式献给那些牺牲战友的花环；那么，我认为陈灿这部诗集《士兵花名册》，是继小说、影视等文学形式之后，一位亲历过战争的"战士诗人",献给他一同出生入死的战友一份诗的花环。

是为序。

2017年3月6日

(李存葆,中国作家协会名誉副主席,解放军艺术学院原副院长,少将军衔,著有《高山下的花环》《山中,那十九座坟茔》《大河遗梦》等)

目录 CONTANTS

第一辑 / 开往前线的火车

那天　他去看阅兵 …………… 3
又一个春天开启 ……………… 5
一个士兵留下什么 …………… 8
开往前线的火车 ……………… 9
落下来　落下来 ……………… 10
出征酒 ………………………… 14
这样一群人 …………………… 16
翻开 …………………………… 18
出征的人 ……………………… 19
那个夜晚的月光 ……………… 20
一个士兵的财产 ……………… 22
一颗子弹或者句号 …………… 23
战壕 …………………………… 24

25 …………………… 对峙
26 …………………… 炮弹出膛
27 …………………… 弹壳
28 …………………… 猫耳洞
30 …………………… 战士是一个动词
31 …………………… 诗的旗帜
32 …………………… 战壕的深度
33 …………………… 呵　老山
35 …………………… 战地雕像
38 …………………… 红土地
41 …………………… 打仗的故事
42 …………………… 大爱
43 …………………… 致祖国

目录 CONTANTS

第二辑 / 　　　　　　　　　　　　　　坚硬的翅膀

床 …………………………… 47　　　64 …………………………… W·M

时间的伤疤 ………………… 49　　　67 …………………………… 双拐

蒙自 ………………………… 53　　　69 …………………………… 眼球

关于断臂的遐想 …………… 56　　　71 ……………… 一只被炸飞的脚掌

腿 …………………………… 58　　　72 …………………… 一块头盖骨

老兵 ………………………… 60　　　73 ……………………… 搬运遗体

街边一位修鞋的老兵 ……… 61　　　74 ………………………… 看一幅画

一个伤残士兵的梦 ………… 62　　　76 ……………………… 月涌边关梦

目录 CONTANTS

第三辑 / 独自走在怀念里

士兵花名册 …………… 81
"点名——" …………… 82
站在当年倒下的地方 ………… 84
走过陵园 ……………… 85
轻轻喊你 ……………… 86
烈士墓前 ……………… 87
无名烈士墓 …………… 88
我独自走在怀念里 ………… 89
八月　站在灵魂之上 ……… 91
我的心是一粒疼痛的石子 …… 95
伤 …………………… 96
不该上锁的阳光 ………… 98
在某地税局 …………… 101

102 ………… 英雄
103 ………… 八月挽歌
108 看电视中的一个女人从马背上下来
109 ………… 断枝上一条红腰带
111 … 我们用歌声掩盖你害羞的声音
113 ………… 你吻过我的额
115 ………… 一只军用空水壶
116 ………… 纸上的爱情
117 ………… 这是一个怎样的早晨
118 ………… 请把那条红丝带还我
119 ………… 爱你时的样子
120 ………… 瞬间
121 ………… 文山记忆

目录 CONTANTS

第四辑 /　　　　　　　　　　渴望成为一名铁匠

诗 ………………………… 125
武器或工具 …………………… 126
持枪的手 ……………………… 127
我渴望成为一名铁匠 ………… 129
请让我用打满补丁的躯体 …… 130
一句红色经典 ………………… 131
跟着红旗进发的队伍 ………… 132

138 …… 她们要燃烧自己给中国取暖
142 ………………… 涨满热血的河流
148 ……………………………… 中国海
153 ………………………………… 红船
154 …………… 北京西边的一家宾馆
157 ……………………… 给雷锋的信
160 …………………… 一把剑梦想出鞘

目录 CONTANTS

第五辑 /　　　　　　　　　　　故乡喊我

遗书 ……………………… 167

孤独的母亲 …………………… 168

战争的钢铁 …………………… 170

故乡在喊我 …………………… 171

一条河在大地上走着 ………… 172

午夜从天安门前走过 ………… 173

会议中的广场上空 …………… 175

把诗歌放进一条江里 ………… 176

我要在桃花开前回到故乡 ……… 178

179 ……………………… 思乡的火车

180 ……………………………… 望乡

181 ……………………………… 老屋

182 ……………………… 一枚情感的纽扣

185 ……………………… 我在盘点自己

186 ……………………… 一枝退役的枪

187 ……………………………… 行走的枪

189 ……………………………… 枪声

目录 CONTANTS

后记 /

拧亮诗的灯盏 ………………………………………………………… 191

附录 /

名家赏读陈灿诗歌摘编 ……………………………………………… 201

1

士兵花名册

第一辑
开往前线的火车

| 那天　他去看阅兵 |

红旗　绿旗……五彩旗

在广场庄重地肃立

空气很肃穆广场很肃穆

肃穆在受阅士兵的心里

这一天全世界的目光啊

都朝着东方一个方位汇聚——

此刻，一个伟岸的身躯

稳健进入世界的目光里

那声问候唤回多年前的记忆

很亲切很和蔼很鼓舞士气

那句回答很雄壮很了不起

包容了军旅生涯的全部涵义

嚓……嚓……嚓——

如履雄风如蹈海浪

如那天收复主峰时的进击……

只有踩在祖国的土地上

军人才能走出如此豪迈的步履

那一刻心中真有和受阅士兵

同样的激越同样的臂力……

那一刻真想猛然站起：

  祖国，请你检阅

  我的汗腺　我的血管

  我再次复活的肉体再次

  起搏的心跳……全都属于你

然而，他是坐着轮椅来的

坐在轮椅上的士兵拍打着

两条空荡荡的裤管

矫健的步伐只剩下记忆

那年的阅兵式他也曾是

一个英武的排头兵……

201509 再改

又一个春天开启
——为建军90周年而作

当又一个春天开启的时候

将迎来人民军队走过90个春秋

我们这一群90后士兵

同一个辉煌的日子幸运握手

祖国,我和我们的军队都是90后

当祖国把界碑交给我和战友

我就把脚下的土地当作母亲护佑

当祖国把天空划出一道清晰的河流

我就驾驭战鹰在天河上巡走

当祖国把海疆交给我们把守

手持深蓝之剑我们坚决伏海锁喉

每一朵浪花都是一名久经摔打的战士

每一次下潜都是为了祖国高仰起头

当又一个春天开启的时候

我们喜迎建军90个春秋

人民军队和我们一样年轻

我们都是90后

走在强军路上

我们把迟来的秋天与

早到的春天一起捍卫

让每一条小溪都幸福地流淌

让每一缕炊烟不再飘动忧愁

说到这儿

心中泛起阵阵歉疚

请允许我郑重说一声抱歉

其实，我不是90后

我是一名伤残老兵

在梦中多少次回到队列里

我和你们站在一起

青春焕发，精神抖擞

我的新兵兄弟亲爱的战友

请你一定要握紧当兵的日子

铁打的营盘流水的兵

是水我也还会往回流

我们手持正义之剑

一退再退

即使面对一千次挑衅

那致命的回击

我们必将一起出手

201703

| 一个士兵 | 不应该埋怨一个死去的士兵
| 留下什么 | 什么也没有留下

　　　　　　阳光活着

　　　　　　风还在动

　　　　　　日子界碑一样站稳了脚跟

　　　　　　201411

开往前线的火车

火车启动了

开往前线的火车

告别驻地

我们向车窗外挥手

车窗外是我们的亲人

又都不是我们的亲人

我们一个也不认识

我们向一个意境挥手

大笑狂呼呐喊着再见

我们说再见时很自豪

他们说再见时却流下了眼泪

仿佛再也无法相见

这时我们的声音才慢慢低下来

低到只有我们自己才听得到

低到一滴泪落下都能听清

低到列车铁轨猛烈挣扎吼叫

也无法掩盖那些声音

201407

| 落下来　落下来 |

一发炮弹呼啸而至

铺天盖地

钢铁的声音落下来

山体撕裂的声音落下来

一个生命对另一个生命

精准地算计

在一瞬间

落了下来

昨天落下来

今天落下来

苦难落下来

死亡落下来

墓碑落下来

一首诗落下来

落下来吧

落

下

来

我唯有张开怀抱

去迎接

声音的石头

声音的钢铁

我唯有用青涩的目光

没有恋爱过的心跳

没有抚摸过月光的手

去迎接

落下来的战争

落下来的命运

落下来的黑暗

落下来

就是让根重新找回大地

落下来

就是犁铧给田园翻身

落下来

就是结束

就是开始

就是上升

落下来

战争的一片羽毛飘向天迹线

清晰留下一道五线谱

钢铁砸碎骨头发出琴裂之声

这头颅的道具

这眼球的道具

这手指的道具

这胳膊的道具

这断腿的道具

这残趾的道具

还有你已找不到的我的心脏

还有我已放下的青春梦想

此刻都落在战场的大舞台

我放下梦想不是我没有渴望

你找不到我的心脏不是我没有心脏

它曾经多么有力地搏动着呵！

在这里我已一无所有

在这里我已倾其所有

全部为了迎接你

落

下

来

一切，戛然而止

201604

| 出征酒 |

把酒瓶盖咬掉,咬掉

口,接住长江接住黄河

举起出征的酒碗

我们豪饮起男儿的烈性

醉吧,不醉不是英雄

醉了,灵魂才会更加清醒

把男子汉的性格赤裸裸地暴露

抖开情绪,抖松肌肉

随时准备迎接血与火的厮拼

莫说这里过于随和

休道这里不够严明

坚定必胜信念,敢笑迎死神

那才够得上真正的

——中国士兵

军人也是人

血液里鼓胀着民族的雄性

军人也有爱

采朵战地野花便会想起姑娘的眼睛

当英姿化为一幅沉默的遗像

也会让人想到,那遗像的人和你我一样

此时正值拍摄婚照的年龄

世界似乎一头重一头轻

军人从来不斤斤计较

更无须谁来同情和怜悯

当青春醉倒在血潮汹涌的焦土之上

只需几滴雨的浇灌

便自然会生长出莽莽苍苍的森林

构思一柄倚天之剑

矗

立

军

史

图腾成太阳的辉煌的神韵

1986

这样一群人

他们是人

但没有把自己当作人

他们热爱生命

但生死关头总是不要命

这样一群把界碑视为自己墓碑的人

这样一群青春勃发的生命啊

夜幕下他们掏出自己的命根子

对着无边的夜色撒尿口中念念有词

"你这可怜的小虫虫除了撒过尿

其他什么也没干过啊"

说完使劲抖几抖

郑重塞进肥大的裤裆里

就是这样的一群人他们当中

许多带着作为男人的遗憾死去

走出战争的人带着对战场无法褪尽的记忆

带着战火烘烤过的身躯回到人们中间

他们对俗世显得不大适应

战争中锤炼淬火的灵魂不断承受击打

精神布满伤口找不到那位野战医生

这样一群人啊对脚下的土地

伤痕累累的心和日渐沧桑的脸庞上

永远镌刻着两个字：忠诚

201410

| 翻　开 |　把花朵翻开

找到春天的味道

把河流翻开

打捞起真相

把土地翻开

晾晒掩埋的历史

把和平翻开

战争露出了装睡的样子

201605

出征的人

出征的人不是出家

然而,我们都把头剃得油光锃亮

我剃了个光头并觉得是什么好兆头

至少我的头发一根不留

并不说明我已经断了对尘世的念想

请原谅我真没有多少万古愁绪

只有对未来日子无限渴望

其实我也惧怕死亡

我怀里除了揣着一腔热血

还有一个账单　它一直

紧贴着我的胸口

它压得人几乎喘不过气来

201604

那个夜晚的月光

那个晚上多么美好呵月亮

站在天空深情望着大地

像电影中的一句台词

挂在夜空的嘴边——

每当十五月圆的日子

我会在远方一个窗口

望着月亮想着你……

这个声音还在路上蹒跚

我们突然接到了作战命令

月光的剑瞬间把天空

狠狠劈开个口子

大地与天空颠倒

引爆夜色中一群年轻人

潜伏在内心的火焰

他们点燃失眠的烟头

那些在月光下

明明灭灭的烟头

成了没有睡意的星星

成了一双双直到今天

也无法合上的眼睛

201604

一个士兵的财产

留存　缓运　携行

每个士兵上前线

都把自己的财物

分为三份

携行的是生活必需品

如身体的一个部分随时跟着走

缓运的是可以暂时离开主人的物品

如同一次小别

比如夏季里那些为秋季冬季准备的着装

一个战士全部财产

三分之二跟着上了前线

留存的实际上并没有什么贵重的东西

对于一个上了前线的士兵来说

只有那一封含泪放进留守包里的遗书

是最值钱的家当

201605

一颗子弹或者句号

你可以把一颗子弹

当作一个标点

把它大声读出来

读成一句诗的感叹号

逗号甚或是破折号

然而

当它同一个生命

准确联系在一起

冲出枪膛的子弹

瞬间晕染成一个句号

201607

| 战　壕 |　你是一根最清醒的神经

在大面积昏睡的土地中跳动

有一顶帽子挂在残损的断枝上

有一条绒毛狗趴在道路口

有一支空荡的冲锋枪放在小狗旁

有一条断臂　静物般

搭在一把断了弦的吉他上

有鸟语从吉他的圆孔里飞出来

有海浪在吉他的圆孔里溅出来

这是一把以天地作为音箱的吉他

太阳的曲子轰鸣至沸点

你是一条清醒的神经

你是一根清醒的战争之弦

1988

对　峙

那时候我们都躲在山洞里

只有目光伸得很长

但对方看不到

当他们躲躲藏藏向我们摸来

我们就把他套牢在准星里

于是那个人死了

死的时候好像还喊了句什么

但我们无法听清

但我们都知道他想说什么

因为我们都是军人

1988

炮弹出膛

一发炮弹瞬间轰然出膛

那枚弹壳光着身子

侧身退了出来

像个刚刚挣脱胞衣的婴儿

浑身滚热滚热

只是没有啼哭

哭声应该在弹着点回荡

而在此刻

一枚空炮弹壳　更像

一块从美食家嘴里

吐出的骨头

或从战场上归来的

士兵

201604

| 弹 壳 |　一个手指在轻轻弯曲间完成

一颗子弹的命运

作为子弹的结局

就是达到目的之后的

空

201408

猫耳洞

不知是白猫还是黑猫的耳朵

被血淋淋地割下来

置放在战争的壁龛上

我猜想有一种说不出的快感

一种不言自明的苦衷

你是被割去眼睛　也就是

不长眼睛的东西

你没有心脏但仍是一只

活着的耳朵

你听到耳旁有山泉叮咚

如听到粮仓里硕鼠狂欢

而你不再有渴意

即使有渴意也不能再自由吸吮

有一种专门对付猫的鸟

时时飞来敲打你的耳朵

提醒你眼睛是多么多余的东西

你听到的最多

你看到的最少

你的耳朵比眼睛明亮

所以你用耳朵来捕捉风吹草动

1987

战士是一个动词

战场是一张被战火烤焦的稿纸

战壕是一首纵横交错的诗

战士　是一个动词

攻　势如破竹

守　坚如磐石

1986

| 诗的旗帜 |

灵感蹲在潮湿的猫耳洞里

出击前真想写首诗

可惜身边没有一张

哪怕揩过屁股的粗草纸

挑逗的战火

撩拨着我的情思

于是,我捡起家乡平安的灯火

捡起身后节日里都市上空绽开的礼花

压进枪膛

填满我们诗的空格

当冲锋的号角吹落夕阳

握着枪的笔管　我

把诗稿誊写在进击的军旗上

阵地升起了我诗的旗帜

198412

战壕的深度

没有人量过一条战壕的深度

它高过了我的头

在这条没有一滴水的壕沟中

注满了士兵的情感

我的头颅就在这壕沟里沉潜起伏

我们在自己的情感里游泳

我们在自己的血液里游泳

当整条战壕被战火烧红的时候

士兵的两只眼睛也红了

还有一颗被炸出胸膛

依然在界碑上跳动的心脏

201607

呵 老山

老山

是一本厚厚的兵书

一部用战士的青春和生命

写就的传奇

胶林留下血与火的彩色插图

山峦刻下深沉的题记

我读着它

沿历史的蜿蜒

走向战争　走向壮别

走向炮声和枪声合奏的英雄交响

去开采一片燃烧的感情

职责

构成战士献身的使命

二十岁倒下了

倒下了一片绿色的希望

倒下了万般甜蜜的憧憬

但却没有凋谢的遗憾

而是倔强地仰起

信念的头颅

默默地以自己生命的色彩

点缀共和国的安宁

一座座坟茔　一颗颗

鲜血浮起的星星

那在天空下列队的墓碑

是一条条竖着的银河

是一个个战士

用忠诚和无畏

热爱和仇恨

写下的

滴血的惊叹号！

1985

| 战地雕像 |　准备着

用生命的每一秒钟

去撞碎群魔，让平安

轻轻拨动，母亲的心房

我，耸立

在生命与尊严拉起的

边防线上

枪，在构思

在酝酿

一支歌

把中国军人的

爱情与仇恨

勇敢与威严

功勋与伟大

统统地，庄重地

写进正义的枪膛

当母亲发出忍无可忍的呼唤

我便揿动枪的音键

唱出一支响遏行云的军歌

钢盔，喧响着

一轮童话般的太阳喧响着

把温馨，从眼睛里

涓涓流淌

流进故乡的思念里

当山溪般甜美的阳光

覆盖住硝烟，覆盖住烈火

幸福就会爬上眉梢

把中国军人的骄傲举起

也举起盛满陈酒的金杯

……

我知道这不是梦幻

不是奢望

即使我人生的日历

被子弹钉在十八岁

故乡也会流一滴自豪的泪

那是每年清明和"八一"

渴望的最美的醇酿

耸立在神圣的国防线上

那种时刻该是多么灿烂

多么辉煌呢?

我期待着……

198508

| 红土地 |　沉重

历史掀不动这页

殷红的悲壮

太阳的手指也颤抖得

无所适从

在荆丛　在树林

在草叶　在峭石

叠印着战斗的痕迹

一支竹笛

吹出你深沉的呻吟

野风摇不碎的笛韵

在赤红的土地上

蔓延一串

庄严的日子

往昔这里种植一排

肌腱隆起的青春

那是像箭杆般拔地而起的

生命的树林

抚摸撑破苍翳的云杉

你腋持双杖

丹枫染红点点

雨滴

风在红土地上痉挛着

如你踽踽着走进黑暗

递上峥嵘岁月

不屑的目光　碰回

当年高歌而行的进击

　红土地没有学籍

　　没有进修的校徽……

把灵魂捧在手中

捧着一个不死的信念

太阳即将落下的一瞬

一行脚窝在红土地上

艰难地爬向落日

流着太阳血

挥起生命的长臂

打捞失落的希望……

红土地孤独得顶天立地

它拨开缭绕的云雾

把长城别在胸前

让岁月镀上信念的亮色

1988

打仗的故事

小时候最爱听打仗的故事

抓心　刺激　过瘾

长大后真地上了战场

我们用手中的枪瞄准对方

我们的眼里只有对手

我们没有看到自己的未来

201610

| 大　爱 |　说起大爱

一个年轻的士兵

没有江河般的滔滔不绝

祖国的边境线有多长

我的爱就有多辽阔

穿着跟小草一个颜色的军装

让我们知道自己如同一棵小草

死也要死在脚下的土地上

201612

| 致祖国 |

提起祖国

就无法平静

一颗小小的心脏里

装着党旗国旗和军旗

我那山河般起伏的胸膛

熊熊燃烧着三团火焰啊

而此刻

我的祖国

就是身旁那

绵延的边境线

就是我中弹倒下时

死死搂在怀中不愿松开的

半块活着的界碑……

201610

2
士兵花名册

第二辑
坚硬的翅膀

| 床 |　战争中的一个趔趄

把我和一张床

叠在一起

你不能说我躺在一张床上

甚至我的名字就叫床

我本来有自己的名字

从前沿阵地被运送到野战医院

加1床成了我的名字

医生护士卫生员以至送餐的护工

还有赶到医院来慰问我们的

驻地群众与学生

都对着躺在床上的我

亲切地呼喊着床的编号

用一张病床代替了我的名字

也代替了我

从此我的姓名就叫床

但我至今没有以躺着的姿势

向祖国伸手

我依然用忠诚的骨骼

支撑着一名卫士的职责

201604

| 时间的伤疤 |

我没有病

我被一张特制的病床编号命名

我知道我和我的名字

都有硬伤

那是一张特制的病床

放置在我住的病房中间

占据着两张病床的位置

我的一日三餐

还有拉屎撒尿睡觉都在床上

这张床上有一个铁架子

我的一条腿就固定在架子上

由于无法更换内衣

在军纪严整的军队野战医院

我只能整天裸着下身

好在这张床板上有一个漏洞

恰好设计在我裸着的臀部

女医生女护士不断走到床前

来询问我的感受

她们头上戴着白帽子脸上罩着白口罩

全身都裹着白

我能看到的只有她们的两只眼睛

她们每天只用两只眼睛与我交流

她们的话虽然很温暖

听起来每一句话

都好像从眼睛里流出来

只是在那样的境地里

她们漂亮的睫毛看上去

如同故乡的麦芒一样扎在我身上

让我有说不出的亲切

又有难以说出的不自在

她们就这样把一张床当作我

一天一天重复着这个称呼

打针时喊换药时喊吃饭时喊

时间久了我也把自己当成了一张床

只要听到她们喊"加1床"

我就同听到喊我真实的名字一样

立刻答应

她们护理了那么久

我也一个不认识

起初我只能从声音辨别她们

我忍无可忍的时候

才说出我的需求

她们的护理很有耐心

但是在这样的环境里

我不想看见她们 我想

她们也应该同样不忍心看到我

那时候我觉得她们的眼睛要是伤口多好

无论她们怎么护理我

眼睛都被纱布蒙着

这是一个士兵内心真实的想法

虽然她们的眼睛很美

如今这些记忆已经成了

一个年轻士兵心中

始终无法痊愈的

时间的伤疤

201604

| 蒙 自 | 站在二十岁花开的地方

云南蒙自

伸手接住我那双受伤的翅膀

把我的青春存放半年之久

却没有让我行走半步

至今也不知道那个叫"138"

后来又改名叫"68"的居所

到底长得什么模样

多少年来　云南蒙自

就像一句被推迟书写的诗行

还没有从我笔下

破土而出　吐出两片新芽

但我至今仍记得那个军医

手握一把锋利的手术刀

切开我的身体

如同我的父亲在他的土地上

用世代相传的手艺　挖开一条沟

播下几粒饱满的麦种

蒙自　你是多么热烈啊

当我乘一只铁鸟

穿过你当年燃烧成火焰的云霞

迫降在你的怀抱　你用山歌

用五彩的民族服和石榴

用辣子　用你如情丝拉也拉不断的

过桥米线　为我接风洗尘

可我就像一棵树被战争伐倒了

只能成为你的一个过客

把一声呻吟　一滴泪

留在你温暖过我的胸膛上

我是被另一只铁鸟运走的

我从此只记得你

长满香草和花蕾的名字

从此只能千百次地念叨：

蒙自　蒙自　蒙自……

你给了我一刀又一刀剧烈的痛

也给过我一针又一针

温柔的　深深缝进记忆的爱

201103

关于断臂的遐想

如果我们那天不在无人之处

这些想象就是永不诞生的婴儿

如果那天你的眼睛不在燃烧

这些想象就是永不解冻的冰山

那天你说些什么我已忘记

只是那天我突然成破落铅字

再不能构成你渴盼的完美诗行

那天你非要到公园去走走

那天的晚上不成为晚上

那天的晚上被狗吃了

于是你让我抱抱你

　　　于是我伸开理智的臂弯

　　　让风轻柔地摆弄我的遗憾

有两条臂膀伸向另两条臂膀

有两片嘴唇向另两片嘴唇推进

　　　死去活来地翻转

你看到一个小个子战友

　　紧抱住敌人

他的嘴咬住对手的耳朵

　　死去活来地翻转

这时有两片嘴唇向你递来

有一只手伸进你空空荡荡的袖管

你的头顶

有一双欣慰的眼睛

信号弹般从南方升起

1988

| 腿 |　掌声砸来如秋风玩弄着小草

感觉变黄

溢光流彩的舞台战壕般让人忐忑

你坐在最前排

思维正匍匐在信号升起的一瞬间

而此刻报幕员正笑盈盈走来

当一切都由音乐和舞姿摆布

你不知道自己扮演的是什么角色

那条被装饰的腿在隐隐作痛

此刻该你上台

像那次一跃扑在战友的身上

兴奋的海浪在掌声中翻滚成炮弹的轰响……

你无法站起

真实的时候你才感到真实的自己

你是被抬到台上的你唱不出来

因为你怕那掌声

你永远不明白你那么多战友的腿

为什么要用掌声来迎接

1985

老兵

他一丝不挂

我仍然一眼认出

他是一位老兵

在浴池边

在一群男性裸露的躯体中

我绝不是从他身上

那些伤疤判断出他的身份

不是，绝不是

在光滑绵软的人群中

一个老兵与其他人

最明显的区别在于

他有一根骨头

  一根倔犟的脊梁骨

  如一尊裸雕

始终坚挺着

201702

街边一位修鞋的老兵

在这座城市某个街角

有一个修鞋地摊

一位修鞋的老兵

每天准时在那里摆上摊位

为别人修理鞋子

每当接到一双需要修补的鞋

他就显得格外激动

情不自禁捧在手上左瞧右看

仿佛是见到一位

突然造访的老战友

战场上失去双脚

永远不需要穿鞋子的伤残老兵

他为别人修理鞋子时

神情专注的样子

好像是修补自己多年前

丢失在阵地上的那两只脚

201609

一个伤残士兵的梦

我梦见

一架战机在天上

像一朵白云

悠闲散步

我梦见

那只指挥作战的手臂

潇洒挥写出道道五线谱

大地奏响了和平的乐章

我梦见

曾经射击出膛的子弹

退回了枪膛

我梦见

一位会写诗的战友来到西湖边

他站在断桥上拍照时

执意扔掉了拐杖

他的一条腿断了

但断桥没断

还有一座塔

站立在他的身后作为背景

很像他的另一条腿

支撑着一方美景

201703

| W.M |

——致受伤的阿波罗

一声沉重的哀嚎和愣怔之后

我们无法抗拒地改变了

在母腹里的原始姿态

于是从十八到二十岁的臂腋下

生长出两支坚硬的桨

我们难以推卸地成了

划行于命运之河中的老船夫

十八到二十岁的老船夫

我们开始深沉地发音

我们开始愤懑地咳嗽

我们开始无所顾忌地谈论

一切想谈的事情

夜晚

我们用《十五的月亮》

轻轻裹起仅剩下的一条腿

我们知道

那位《望星空》的农家女子

此刻依然仰目追忆那道

流星西逝的轨迹

当初喀秋莎满怀同情地来看过我们

记得她难过地站在洞口

我们全体起立向她致敬

尔后又故作深沉状沉默不语

"老枪"尴尬地站在一边

我们当然不理会它

虽然它曾情意绵绵而又

残酷无情地做过

我们的情侣　我们的工具

而它也只够一个演员的资格

我们猛猛吸上一口烟

夹一腔血　吐出来挂在天上

为云霞为太阳

或者说太阳是从我们嘴里吐出来的

不，太阳就是我们

我们才是……

——阿波罗受伤了流了

很多血

战壕　一条斩断头颅的蛇

痛苦地扭卧着沉沉睡去

发烫的液体不再有雄性的意义

回想起这些

我们就无话可说了

1985

| 双 拐 |

你是双桨

摆渡着一只受伤的船

摆渡着一个不屈的灵魂

在生活的海洋里扬帆远航

生活的最强音是你击响

人类最绚丽的浪花在这里绽放

你是双翼

扇动着坚硬的翅膀

扇动着爱情和赞歌

扇动着青春和力量

去高奏生命的交响

眼睛里也曾有过片刻的脆弱

然而 泪水中

却饱含着一颗自强的心脏

啊,你是三角架

你是永不凋叶的希望

支撑着新绿,支撑着刚毅

支撑着伟岸,支撑着顽强

支撑起一颗血气方刚

朝气蓬勃的太阳!

198604

| 眼　球 |　许多年了，那层皮肉

似乎一直没有断开

眼球从眼窝炸出来

挂在眼皮底下

一阵风吹动眼球

像吹着一只风铃

摇摇欲坠

那是很多年前的一幕

一阵风吹过来

我看到你背靠着一截橡胶树根

风像吹着风铃那般吹动你

摇摇欲坠的眼球

你猛然苏醒过来

你左一下右一下摆动着头

我知道你是在张望

但你什么也没有看到

你渐渐恢复感觉的脸部

依然有些麻木

像被一张纸给蒙了起来

你伸手要把这张纸撕下来

可是你的脸上什么也没有

你没有撕下感觉中的那张纸

手里却抓住一只

挂在一层皮肉上摇摇欲坠的

眼球

201604

一只被炸飞的脚掌

像一片树叶离开树枝

一只被炸掉的脚掌

瞬间从一条腿上飞走了

从此一只脚掌

只留下行走的记忆

再不能行走的一只脚掌

在离开一条腿

腾空而去的瞬间

像一只鸟

一直在我记忆中

飞 飞 飞

像多年以后广场上空

放飞的那只鸽子

一直在我的记忆里盘旋

201605

一块头盖骨

一块头盖骨　很白

像一朵走丢的云

找不到故乡

我要陪护着它一起回家

我把它轻轻捧了起来

像捧着浩大的宇宙

我的灵魂也一起离开地面

在空中飘荡

我的手指如几道闪电划破天空

紧接着雨水从我指缝落下来

我突然看到一滴雨

像一粒饱满的种子

落地生根长出枝杆

一个新的面目

如同一朵向日葵露出笑容

201607

| 搬运遗体 |　　就这些了

　　　　　　　　我们只能用一包泥土代替你

　　　　　　　　这些泥土里有你的血

　　　　　　　　有你的肋骨

　　　　　　　　还有一块写着

　　　　　　　　你的名字和血型的领章

　　　　　　　　还有抓着领章死死不放的

　　　　　　　　半只手掌

　　　　　　　　我亲爱的战友

　　　　　　　　你忍一忍

　　　　　　　　待我把你装进殡葬袋里

　　　　　　　　送往战地临时火葬场

　　　　　　　　201605

| 看一幅画 |　这幅画没有名字

谁都想给它取个名字

取个漂亮的或丑陋的名字

而谁都一筹莫展

很红很红的底色

间或有触目惊心的血痕

像一摊凝固的烛泪

一个个弹壳

庄严地坐着或散漫地静卧

有一个遍体弹伤的士兵

四肢展开仰面躺着

睁着没有眼球的眼睛

看头顶那一只美丽白鸽

把一条相思带从鸽哨声中

梦幻般翩然落下

如一朵英雄花缓缓

盘绕在士兵　胸前

被子弹洞穿的地方

1988

月涌边关梦

月亮，我的月亮，

请你夜夜陪伴我，

一直到明早。

——题记

1

血已经凉了

月光流淌在

士兵的血上

染红了月亮的梦

2

月亮不持立场

一言不发站在空中

战场太乱

月光像刚进门的新娘

用温柔的白轻轻覆盖着

士兵的骨头和残剩的酒杯

3

一只刚刚炸飞的眼球

动了动

用尽内心的力

想好好睡一觉

可这只眼

已经永远无法

闭上

4

感谢一小块云

为月亮擦了擦

眼睛

她什么都看到了

士兵的眼睛

什么也没有看到

5

月亮像母亲

总是有话说

月亮像新娘

总是什么也不说

让夜晚的耳朵

倾听一地

碎了的名字

201605

士兵花名册

第三辑
独自走在怀念里

士兵花名册

白纸　裁纸刀　复写纸　直尺

这是我当年作为连队文书

抄写花名册的必备工具

今天我要再次履行

一个连队文书的职责

我要用三十年前的书写方式

书写你们的名字

我要把你们复写成三十年前的样子

我要一笔一划一丝不苟地写

我要把你们喊不醒的名字写活

我要让你们碎了的名字

整整齐齐列队

请老连长按着这个花名册

再点一次你们的名字

我仿佛听到队列中

那些空了的位置上

回声四起——

201608

| "点名——" |

一

现在开始点名——

……

二

谁踉踉跄跄　死死搂住

自己的名字

像一堵老墙訇然倒下

三

谁的名字返回故乡

不知所措

谁的名字遗落在石头上

垫高日月

四

现在开始点名——

我要把你的名字喊醒

我要把你倒下的名字

喊起来

站在墓碑上

201605

站在当年倒下的地方

我来到昔日的战场

找到了我的阵地

站在当年倒下的地方

我突然感到视线模糊

语言全无

一发渴望中的子弹

瞬间

再次将我击倒

201602

| 走过陵园 |

走进一片目光汇聚的海洋

墓碑里的眼睛冰冷坚硬

此刻你们用青春的样子迎接我

我用战争之外叠加的伤痕面对你们

我踩着自己的灵魂来看你们

你们的沉默是我诗中的雷鸣

201408

| 轻轻喊你 |

三十多年没有相见

今天终于站在你面前

一忍再忍

我什么也没有说

只对着一堆泥土屈下双膝

只对着一块石头

轻轻喊了一声

你的名字

201701

| 烈士墓前 |　许多有滋有味活着的人

在写着墓志铭

你墓碑上除了自己名字

没有多余的文字

因为

你们是一切虚假的否认者

201410

无名烈士墓

每一杆枪

甚至每一颗炮弹

都有自己的编号其实

那就是它们的名字

无名烈士墓的碑石上

没有一个名字

无名英雄纪念碑

那高高的碑石　打碎

每一颗石子

都是一个坚硬的名字

201610

我独自走在怀念里

昨天在我的脸上还未远去

风一吹,就会沿着眼角

流到面颊

等待一个梦中的战友

想象当年面对面

两个人挤在一个潮湿的猫耳洞里

仿佛是电影中两个演员

等待出镜

其实我们没有一句台词

今天,我独自走在怀念里

又听到当年那声炸响

被击中的感觉

像一缕阳光射进寒冷的窗子

我看到天空倾斜着

直到体内流尽无边的过往

此刻,一个手中没有武器的老兵

嘴角衔着一颗子弹

舌头抵住仅存的能量

卧倒在大地凹陷的地方

而那些声音坚硬的内核

依然如轰响的雷鸣

震撼着我的情感和灵魂

但我不知道

当又一个属于军人的节日来临

我用饱含泪水的诗歌

能否将你叫回来?

肩并着肩　同我

一起坐在从前坐过的地方

201407

| 八月　站在灵魂之上 |

八月　站在灵魂之上的八月

阳光锋利的芒响亮抽打在身上

痛　思想的疼痛一点一点流淌

二十六年啊　我已被八月雕刻

成九千根银针尖锐扎入西南方向

啊那一根根银针　那一排排太阳的芒

多像我无比熟悉的一句句滴血诗行

不　那是一座座墓碑

是我远逝的战友兄弟穿越岁月

投来的一道道追问的目光

那趟月光照不进来的闷罐车

从二十六年前的梦乡轰隆隆驶向战场

只装载着青春和生命

把一切美好留给了后方

我的年轻的兄弟

青春的头颅剃得油光锃亮

列队　就是一梭子弹

等待祖国一声令下

把自己射出枪膛

听　八月的声音多么安详

"年轻的战友再见吧再见吧

为保卫祖国你离开了家……

当你凯旋归来的时候

我们相会在攀枝花下……"

那一簇簇鲜血浇灌的花朵开得正艳

我的战友兄弟已不能感受

老山兰、攀枝花的芬芳

我的随遇而安的兄弟

倒在哪儿　哪儿就是故乡

是呵　你走得过于匆忙

那年　那天　你去为战友取水

倒在了那一挂滴水的竹漏旁

今年　西南大旱啊

那一块块咧开嘴巴喊渴的土地

多么像我早已不在人世的兄弟的模样

多么像我被忽略的兄弟

那一张张焦渴的

欲言又止的嘴巴

和他们干渴的心房

沉埋在那捧红土下

已经二十六年

也该出来透透气了

渴了忍了二十六年的兄弟

记忆里只知道糖精泡水

就是世上最甘甜的饮品的兄弟

再也不能去繁华的大超市

在名目繁多的饮料中

挑选其中的一种好好品尝……

今天　在你灵魂驻守的地方

那些轻狂的植物正无节制疯长

匆匆而过的脚步来不及停下

向你投去关注的目光

哦　请你理解（我相信你能理解）

请你原谅（我知道你已经原谅）

请看　有墓碑为证

二十六年他们从未改变立场

请看　有遗书作注

老家那些让人为难的事情

都由年迈的双亲扛在颤抖的肩上……

今天我只希望　希望我那

因怀念而饱含泪水的诗歌

能长出和平鸽一样美丽的翅膀

飞去　飞到你身旁

用小小的羽毛　为你遮日

为你带去一片阴凉——

201007

我的心是一粒疼痛的石子

我的心是一粒疼痛的石子

面对无法下咽的话语

或难以忍受的日子

我只能用手压紧胸口

我怕操枪弄炮的手

不小心走火

心

会像一粒子弹

穿膛而出

201309

| 伤 |

多年前的那一场战争

打伤了我的一条腿

医院里手术又出了一次差错

那些手握手术刀的军医

比手中拿枪的我们还要冷峻

他们切开我腿上的肉

像厨师对待手中的一块肉

他们像检修受损的机器

用手把我腿上的肉扒开

让骨头露出来找到问题所在

然后用电钻锯子钳子和螺丝钉

在一个年轻士兵的腿上施工

钻孔固定一阵叮当敲打

再重新把打开的伤口缝合

如同结束一场战斗

可是今天

一个从战场上走下来的老兵

常常被一些战争之外的事物击打

他不相信

  伤口会被冷漠一直掩盖着

  再好的医生也找不到病症

201311

| 不该上锁的阳光 |

　　——写在某优抚处

优抚处　优抚处

多么动人的名字

听上去就让人感到温暖　心动　慰藉

这里每一份文件都是一阵春风

从京城吹来　为了给

老弱病残者驱除寒冷

每一份文件看上一眼

身心仿佛被一只手轻轻抚摸

每一根神经都被唤醒

每个毛孔都竖起了耳朵

可是这般温暖人心的风

吹着吹着就没有了力气

吹着吹着就迷失了方向

吹着吹着就在一个小小优抚处

被打上死结

成了优抚对象的伤心处

呵　这每一份从北方送来的文件

都是一缕阳光啊

在这个优抚处却被锁进保险柜

让太阳的光芒

变成刺痛优抚对象的针

或是撒向优抚者伤口的盐

"我们这里有几千份优抚文件

怎么能……"

如果这些文件得不到落实

设你们这个机构

难道只是专门翻印文件　成为

糊弄北京的机器?!

优抚处是优抚对象的处!

你们倒立一般给颠倒了过来

把自己的位子

放在优抚者头上

难道　一个优抚处

还要用这些已经伤痕累累的躯体

来支撑几个灵魂生锈的人?!

优抚处　优抚处

多么动人的机构名称

不知道

当人们提出质询

你们能否回答究竟优抚何处

一帮精神需要优抚的人

怎么能够承担起为

身体虽然有硬伤

灵魂依然健康者的优抚?!

201608

| 在某地税局 |　多么肥大的名字

　　　　　　　　对交税大户使用最现代的方式

　　　　　　　　进行交流或者退税

　　　　　　　　对几个享受国家特殊政策的伤残军人

　　　　　　　　却恋旧一般采用传统的方式打发

　　　　　　　　在鹭鸶腿上动足了脑筋

　　　　　　　　把方便留给已经很方便的人

　　　　　　　　把不便继续留给不便者

　　　　　　　　201608

| 英　雄 |　战场上一颗子弹

　　　　　　生活中一声长叹

201408

八月挽歌

> 我写诗不是为了把文字分行
> 而是为了将走远的人一个一个拉近。
> ——题记

一

枪声已被折叠起来装进史册

一张空白稿纸动了动身子

将一座山紧抱在怀里

一条河流在血管里流着

一片海洋在胸中翻腾着

一个月份有了生命

二

八月让我反复书写

那是因为八月的"八"字

最接近"人"

也是离人最远的一个汉字

虽然同样需要互相支撑

三

命运就是一张纸

为了千万个孩子能够写好"人"字

我们与母亲分离时也是个孩子

对于母亲　儿子就是老家

挂在墙上的一张入伍通知

四

我是一块会说皖北方言的石头

卞和洞里掩藏着我童年的幻想

但从未祈求用一块璞石与命运交换

为了他人生活在和平的阳光下

战士选择了骨肉分离

我不去书写别离的悲伤

只把母亲的泪水偷偷装进心中

化为浇筑界碑的血液和书写战歌的墨汁

五

八月是套在我情感上的缰绳

骑上时间的奔马

我用思想的炊烟牵引疲惫的脚步

不断追赶沉潜的激情

被时间射伤的鲜红翅膀

扇动整个天空的梦想

六

八月是一道光荣的伤口

战争的舌头从这道伤口吐出来

鲜红的牙齿咬断爱情

灵魂爬满文字的蚂蚁

七

八月是我疼痛的疤痕

所有的夏天烤着八月

我听到阳光断裂的声音

一种最痛苦的骄傲从碑文上脱落

我的灵魂到底收获过什么

荣誉安慰空空行囊

八

八月是阳光的证词

为什么八月的阳光照在身上

有人觉得温暖有人觉得凉

九

死者因生者的记忆而恢复了尊严

生者因对死者的怀念而唤起

残存的信念和未泯的良知

十

八月是喊不醒的名字

时隔几十年我手里捧着

越拧越浓的怀念

把灵魂高扬挥舞如旗

至死不肯放弃脚下的忠诚

十一

庄稼长在农田里

战士活在界碑上

201309

看电视中的一个女人从马背上下来

这时一个女子从马背上

凄然飘落

一个中年男子的哭泣声

哀哀地旋绕于她身上的每个部位

山坡上　那面残破的战旗

如一棵枯树举着几片衰败的秋叶

在低低的泣声里瑟瑟　发抖

尸骸遍布坡地。

那女子一手提着裙裾茫然寻找

（此时观众好像很希望她能说些什么）

突然　她大声哭起来

——"大王哥　这么多骨头

究竟哪块是你的呀！"

她很伤心　很伤心地捡起一块肋骨

泪流不止

匈奴的骨头和汉人的骨头

谁能分得清呢

2007 再改.

断枝上一条红腰带

一条红腰带

被弹片准确缠在断树枝上

这是死者短短一生

最为钟爱的饰物

那条红红的布条

在她腹部鼓胀时刚解开

带子一端还有几块被尿液打湿的斑点

死者是我们的祖母或外婆

她年轻俊美的脸庞

藏在纵横交错的皱纹里

同行的姐妹摸摸干瘪的肚皮

把稻草腰带紧了又紧

继续启程

我从现实的角度

看到她们的脚步早不协调

足迹深深浅浅

心灵的路越走越宽

那条被抛在身后的红腰带

在前行者徐徐的目光里

终飘成一面旗帜

由此她们相信

这就是起点和方向

199610

我们用歌声掩盖你害羞的声音

那天你背着药箱来到前沿阵地

硝烟雨水泥土黏附在肥大的军装上

让人一下子分辨不出你是男人还是女人

后来我们知道是你执意要来阵地的最前沿

你的理由很简单你说

要在第一时间救治负伤的战友

减少因错过最佳抢救时间导致的死亡

但这是战场不是剧场

一个女兵闯了上来总有许多不方便

阵地上虽然丛林密布却危机四伏

对方的冷炮冷枪不间断地向我们袭来

除了进攻拔点其他时间我们都隐蔽在猫耳洞里

你和一群男兵挤在一个洞中

如厕就成了立即需要解决的大问题

于是平日里调皮捣蛋的连队卫生员

找来一个铁皮弹药桶供你专用

为了不因尿液冲击桶壁发出的声音使你尴尬

每次当你有需要的时候

我们就挪到洞口背对着你

我们在猫耳洞口齐声唱起军歌

我们在炮声隆隆的阵地上

用嘹亮的歌声为一个女兵阻挡羞涩

201504

| 你吻过我的额 |

——一个女兵的回忆

你吻过我的额

在你即将冲向前沿的那一刻

突然转过身来

把一个热血男儿的唇

落在一个女兵的前额

木然　恍惚　错愕

但作为一个女孩没有来得及羞涩

你又转过身去

只将一个背影留给了我

至今已经过去三十年了

我一直等你再次猛然转身

把我整个儿抱走

装在你的心窝

此刻我就站在你面前

用人到中年的手

把你与当年一模一样的面颊

轻轻抚摸　轻　轻

叫着你的名字

可是你再也不理我

你的名字已经在墓碑上定格

三十年已经过去了

你没有转过身来再看一看我

可每天早晨洗脸时我的手

仍能碰到你那仓促一吻

留在额头上瞬间的热

201309

一只军用空水壶

——写给战友的女友秀秀

一只军用水壶

里面什么也没有

一个人的时候

你就拿出来

把壶盖打开

缓缓放到嘴边

嘴巴翕动

像饮水一样

轻轻说着什么

其实那只是一只

没有一滴水的空水壶

是我的战友牺牲后

留下来的一件遗物

我知道这么多年壶中

一直就没有空过

里面装着一个女子

日思夜盼的名字和

日夜盈满的思念

201312

| 纸上的爱情 |　战场上没有纸上谈兵

　　　　　　　　　战场上只有写在纸上的爱情

　　　　　　　　　那时候心上人一纸情书

　　　　　　　　　如同旧朝代的臣民

　　　　　　　　　接到皇帝诏书一般神圣

　　　　　　　　　哪怕是只言片语

　　　　　　　　　都要反反复复地读

　　　　　　　　　像拜读一部经典

　　　　　　　　　纸上得来总觉浅

　　　　　　　　　那是古人的说法

　　　　　　　　　在生命随时都会

　　　　　　　　　画上句号的战场

　　　　　　　　　士兵们说起爱情

　　　　　　　　　一张纸的厚度

　　　　　　　　　比一座山重

　　　　　　　　　比大海深

　　　　　　　　　201611

这是一个怎样的早晨

这是一个怎样的早晨

这是在战斗间隙让我想起你的早晨

刚刚结束一场生死交锋

我还幸运地活着

我本来应该警惕防范着敌人

可是无边的思念啊

大雾般在胸中蒸腾

想你的时候也只能

从贴着内衣的口袋里

把你的情书掏出来

双手庄重地捧着

再仪式般轻轻打开深情热吻

然后用硝烟烤燎过的目光

一遍又一遍打量抚摸

把每一个字

都读出体温

201611

请把那条红丝带还我

请你把那条红丝带还给我
你不能说话不算数

我知道普通的一条红丝带
你不会收藏三十年
可是那一条红丝带
却把一个十八岁的女兵
悄悄捆绑了三十年
让她一直无法挣脱

如果今天你依然不肯把它归还我
请你就用那条伤痕累累的红丝带
把我们余下的日子捆扎在一起
放到彼此的肩头
共同抬着它一步一步往前挪

201311

| 爱你时的样子 |　一个士兵爱你时的样子

就是持枪站在哨位上

专注如界碑般

纹丝不动的样子

祖国有多辽阔

我的爱就有多稳固与辽阔

201612

| 瞬 间 |　鲜花是瞬间的

掌声是瞬间的

生命是瞬间的

可是,为什么

亲爱战友,每当想起

你瞬间消失的生命

我的心会疼得那么久

死了,还有这几行诗句

在世上疼着……

201309

文山记忆

一

文山没有文静如山

文山有战事

二

我全副武装来见你

你用辣子拌面和夜半山歌

迎接我

每一棵玉米都露出

亲切的牙齿紧紧咬住

那一段辛辣的青春时光

不忍松口

三

我没有考证过

文山州麻栗坡的由来

后来这里真的就有满坡

回不了故乡的孩子

他们青春的面容

让整个山坡　颤栗

四

三十年前一位诗人

曾来到这里

寻找过我的名字

我死去又活了过来

我的灵魂

一直没有离开

201604

4 士兵花名册

第四辑
渴望成为一名铁匠

| 诗 |　如果没有一首诗能够阻挡战车

　　　　那就把每一行诗句都锻造成为

　　　　温暖人心的光芒

　　　　201604

| 武器或工具 |　　不停铸造　铸造

一双筷子

在吃饭

一根针

在绣花

一把镰刀

在收割

一张犁铧

在翻耕岁月

一支枪

在瞄准未来

一把刀

在切开真相

一位诗人

将一片犁铧

或一把刀一支枪的嘱咐

——记下

201605

持枪的手

捧玫瑰而低吟，握刀剑而狂歌

——题记

持枪的手

是一个事物的两个方面

翻手为云

覆手为雨

接着是一方晴朗的天

持枪的手

在阳光下放飞一只和平的风筝

随风起舞

持枪的手

是一座山峰

一面是阳春

一面是寒冬

一面是流血的战争

一面是滚烫的心愿

战争与和平

仅一掌之隔

2011

我渴望成为一名铁匠

我渴望成为一名铁匠

我要将一个幽灵　一个

从欧洲来到东方的幽灵

揿　入　体　内

我要用它燧石般潜藏的激情

划燃炉膛　用热烈的方块字

锻造一把锋利的东方剪刀

将西方的大胡子和东方的长辫子

一同剪下　编织成

一　条　准　绳

让一个民族

永远沿着正确方向前进——

201105

请让我用
打满补丁的躯体

请让我把打满补丁的躯体

放在这条板凳上　请别介意

在这只冷板凳上我要再坐它十年

请让我用长满粗茧的手掌

紧攥住这支钢钎

我就是要在这块搬动一张椅子

也会流出血来的地方

挪　动　江　山

给我一个支点

地球就是我手中的一只杯子

让我们共同举杯把生活的

酸辣孤苦一干而尽　让醇美的

琼浆　把大地灌透

201105

一句红色经典

一个战士把青春锤打成一块炭

投入窑洞让生命

凝铸成一句红色经典

一句经典话语能有多少重量

称量它的不是秤和磅

是人民手中那颗历史的心脏

201105

跟着红旗进发的队伍
——诵读《长征》

我看到当年那一群人紧跟一面旗帜

思 想 在 飞 行

高高的雪山高不过他们的理想

茫茫沼泽沉陷不了他们的信念

残阳泣血　苍山默默　看着一行

穿着草鞋的历史深一脚浅一脚在

草　地　上　走　着

走在"向死路求生"的"绝路"上

风霜雨雪　天网地锁　企图扼断

他们微弱的呼吸

可是那些靠野菜草根树皮打造的肠胃里

虽然只有艰涩苦汁在翻腾

但他们怀抱中都紧揣着一句滚烫的誓言

这誓言汇成强劲铁流一路前行势不可遏

今天当我回想着这些滴血的往事

自然想到那些从雪山草地走来

却没能走到今天的人们

振奋中生发无限怀念与感慨

我仿佛听到那双静卧在玻璃展柜中的草鞋

当年遗落在草地上的呻吟和

始终没有停止艰难跋涉的脚步声

是啊　那时候没有人知道哪一双脚步

能走到今天　更没有人知道

哪儿才是他们最终的落脚点……

但他们知道那用镰刀与铁锤

交织铺展的意志和信念不会停下

坚信我们的旗帜一定能够到达胜利的顶点

就是这样　一群跟着红旗进发的队伍啊越走越红

直到冬去春来　直到山花烂漫

直到红旗插遍祖国的万里河山

面对那把亲切的镰刀　我熟悉的农具

看到它们在阳光下亮闪闪地等待

多么像我家乡的父老乡亲站在成熟的田埂上

等 待 收 割

还有那把铁锤

那把从高温的炉膛里几经锻打后爬出来的铁锤

冷静下来之后

又把目光转向了火红的炉膛

它就是要火中取栗

它就是要把废弃的铁块变成思想的利器

让混乱的大地重新回归秩序

啊 那一把愤怒的铁锤

曾砸开旧朝代的城门

那一把饥饿的镰刀啊

在收割庄稼的同时

也为人民收割出一方晴朗的天空

我看着这鲜红底色映衬下的图案

就像望着久别的亲人回到了眼前

就像看到大旱的土地流来甘泉——

啊　那是一个国家的主心骨

那是一艘巨轮的方向盘

那是一支队伍的灵魂啊

那是一个民族的力量之源

你看　你看

那是五十六朵鲜花争妍斗艳

那是一团多民族迷人的文字抱在一起

多么亲热　多么温暖　多么动人啊

让镰刀与铁锤有用不完的力气

让我们从一缕阳光看见幸福的光泽

让我们从一朵雪花看见绽放的温情

让我们从一场震伤看见您捂紧大地之痛的从容

这一切都写在一面鲜红的旗帜上

这一切就是镰刀与铁锤合奏出的不朽交响

镰刀与铁锤走到了一起

镰刀与铁锤紧紧相握着

紧握着中华民族的命运和风向

握出了一个民族与家国的底气

钢铁与钢铁拥抱在一起

组合成一个民族的伟大构想

那是信念与力量相依

那是思想和智慧相握

那是灵魂与灵魂交融啮合

此刻　我坐在江南一湖红色记忆中

用一颗诗人的心紧紧贴近那只船

听见劈劈啪啪燃烧的语言跳进船舱

我看到一群意气风发的身影手捧

思想的光芒和一团团真理的火焰

打开心的疑问　让

朴素的话语长成一首气势磅礴的诗歌

结在历史的枝头上

看啊　绵延二万五千里啊

延河蜿蜒欢舞出一个长长的破折号

宝塔巍峨耸立成世界惊奇的感叹语

天安门城楼上那一声庄严宣告

既是那二万五千里长诗的收笔

又是一个新征程的开篇

201603改写

她们要燃烧自己给中国取暖

——献给英勇投江的八位抗联女英雄

一群在冬天行进的女战士

怀里揣着一个热烘烘的春天

她们每个人手握一支枪

如同我今天手里握着的一支笔

一样充满诗人般的激情

此刻　我的笔是一把灵魂的刻刀

为逝去的岁月切开一个口子

我看到70年前　河岸上

一堆篝火在熊熊燃烧

这是一个寒冷的夜晚

一团团火热的话语

在八个女战士心中默默传递

相互取着暖　而一堆篝火

多像一次日出呵

照亮人们的心

东北的天气异常寒冷

以至提起那段岁月

整个中国都处于冬季

太阳还没有出来

冬夜里的火成了一个告密者

围坐在篝火旁边的人

心中燃烧起一股熊熊怒火

她们要把中国的黑夜照亮

她们要燃烧自己给中国取暖

正处恋爱季节的八个女人

不　她们有的还是孩子

应该在校园里手捧书本

她们热爱生命

那是身为女人的本能

可是在生死关头

她们用奔流在胸膛里的爱和恨

塑造了不朽的群像

她们多么渴望未来啊

乌斯浑河可以作证

她们拼掉了最后一颗子弹

她们毁掉枪支　每个人心中

却是毁不掉的意志的铁

她们相互搀扶

拖着伤痕累累的身体

向同样伤痕累累的家园

恋恋回眸又决然转过身去

义无反顾地走进波涛

她们走在一条

向死而生的绝路上

要把梦里的明天留给战友

把身为女人的权利

留给活着的姐妹

她们昂首着走向乌斯浑河

风把她们的头发

吹成一片原野　一片山林

她们决绝的背影

直到今天还那么妩媚

如同70年前那堆篝火

燎原了身后醒来的土地

请记住她们的名字——

冷　云　　胡秀芝　　杨贵珍

郭桂琴　　黄桂清　　王惠民

李凤善　　安顺福……

八位女兵的名字如八朵鲜花

盛开在历史的枝头永不凋落

在又一个春天开启的时候

簇拥着我们一路前行

201502

| 涨满热血的河流 |

1

此刻　我坐在江南的一缕晨曦中

望着南湖倒映出一片褪去夜色的天空

就在这一片思绪万千的湖水里

记忆深处的那盏灯被点燃

渐渐映红了湖面

我的坐姿披挂上一湖红色意境

2

水也有根

一条河流发源于一湖水

一座湖从一滴水的根系发芽生长出来

我承认　这是几十年后

一个诗人在诗里的想象

而那时候　那条船　那盏灯

在风雨中摇晃　隐在船舱的十几个背影

肩头上落满夜色和霜雪

但是　当那条船缓缓靠岸　我看见

天将破晓　走出船舱的人

他们的脸　被曙色映衬得格外洁净

格外的坚毅和清癯

后来人们知道　在中国

从此　镰刀与铁锤走到了一起

钢铁与钢铁拥抱在了一起

天边那缕红霞　是他们漫卷的旗帜

3

一支队伍就这样开始了漫长的跋涉

他们在血泊里走　在刀丛中走

在城市的水泥地上　踉跄

而行　头颅像大风吹落的椰子那样

嘭咚嘭咚地　敲响大地

当他们掩埋好同伴的尸体　擦干身上的血迹

被迫穿上草鞋　隐进茫茫山林

才发现　在刺刀与刺刀的夹缝中

父亲的高山是这样的巍峨

母亲的河流是这样的宽阔

在大地的纵深　他们风餐露宿　他们

弹铗而歌　就像鱼回到了水里

鸟回到了天空

流离失所的小溪　被大海拥抱

4

后来　他们踏上了那条漫漫征途

深一脚浅一脚地在雪山攀登

在草地蛇行　以皮带和草根充饥

在饥寒交迫的夜晚

点燃一堆堆篝火　细数天上的星星

到这时　他们蓦然发现

这就是他们的命运　他们的水土

虽然没有人知道哪儿才是最终的落脚点

但他们终于知道　苦难是他们的

大地上的山脉、江河

沙漠、草原……也是他们的

而现在是他们的拓荒季节　播种季节

他们播种血汗　甚至头颅

是为了明天收获这片土地的春华秋实

5

走啊　一支队伍就这样走着

山越走越高

雪越下越大　越下越密集

云彩在脚下穿越并缠绕

这不是幻象　不是天空的倒影

而是黑夜铺向黎明的台阶

攀登　是他们唯一的选择

一位气势磅礴的伟人登到山顶

用他气势磅礴的诗句

告知他的队伍

——离天三尺三

6

过了雪山是草地　亘古不变的草地

一片死水　隐藏着深不可测的泥沼

不断有人消失　当同伴们发现身边少了什么

腐朽的锈迹斑斑的水面

咕嘟咕嘟地　冒出几个水泡　然后

浮上来一顶军帽

那种惊愕和悲伤呵　让你哭不出来

更喊不出来　因为你已经

没有力气哭　也没有力气喊了

你只能默默承受　默默地把战友的名字

和他的音容笑貌　埋在心里

7

走啊　一支队伍就这样走着

在没有路的路上　向死而生

这一群用命去换命的人

任青春热血涨满河流

冲开一座又一座关隘奔腾向前

直到让红旗插遍万里河山

8

就是这样　一支队伍越走越红

而这红　是越走越接近太阳的红

越走越接近真理的红

越走越融进火焰和红霞的红

越走越裸露灵魂的红

即使倒下　他们的眼睛也是红的

在那里　有一轮红日正喷薄欲出

201608

| 中国海 |　　每一朵浪花都是一位士兵
　　　　　　　　　　——题记

我用大海写上你的名字

我用天空写下大海

写下一条河流对大海的情怀

中国海——每一条河流的脐带

把你牢牢拽着一刻不曾松开

此刻世界以静止的方式坐在一起

我的手轻轻抚摸过河流与山脉

山山水水在我手中转动起伏

一个又一个亲切的名字站了起来

我看到叫渤海黄海东海南海的兄弟

一个挨着一个把身子紧紧贴在

海南澳门香港广州杭州还有上海天津的身边

脸上幸福的浪花闪动着迷人的光彩

中国海啊世界炎黄子孙心里装着

沧海桑田也改变不了对你的热爱

浪涛脱去衣裳惊雷压在上面不停回荡

大海喧豗雷鸣电闪中伴着折断的涛声

我看到一颗颗星星被打碎在海面

我看到钓鱼岛黄岩岛南沙西沙群岛

登上历史的梯子与时间一同长高

眼睛唤醒未来

太阳支撑不了结局

真相谁也无法掩盖

一座岛屿就是一个季节啊

所有的季节加起来只有一个冬天

虽然生活在寒冷的漩涡中

因为爱一个也不愿上岸

不论是当年不慎迷路走丢的那一个

还是被强盗控制妄图把她们霸占的这一个

面对蛮横无赖的掳掠者

她们没有忘记自己是谁的孩子始终

手拉着手从未挪动半步固执地等待

她们知道母亲从未松手

睡梦中同母亲紧紧挨在一块

她们坚信只要活着任何人都不能够

把孩子与母亲彼此长久分开

我感到海礁在我体内不停呐喊着

全身被苦涩的清醒反复叼咬撕扯拉拽

用眼睛痛饮辛酸

用灵魂接受大海

我知道河流与海洋一样重

大海中的礁石与天空中的云朵一样重

孩子手中放飞的风筝与神舟宇宙飞船一样重

钓鱼岛黄岩岛西沙南沙群岛与台湾岛

普陀山岛和黄山泰山一样重

我知道这些长在大海中不肯上岸的石头让人眼热

为了她们人们口水流的比海水还要多

那一双双馋眼一次又一次把她们淹没

我更加知道海浪花与天上的星星一样坚硬

大海的声音与天空的声音一样坚硬

没有哪一滴海水被狂风打败

没有哪一块石头硬过海水

一滴海水永远比太阳更持久也更能忍耐

你看那每一块礁石上都刻着祖先开拓的印记

每一滴海水都有一个名字

每一波海浪都有自己的经历

那是我们的亲戚朋友

也是我们的肌体和骨骼

每个中国人都有大海一样宽阔的胸襟

走到哪里目光中都闪烁着中国海一般坦荡的情怀

中国海是开放的海

中国海是通向世界的海

自古好客的民族张开大海般宽阔的胸怀

喜迎八方客来

但是对不怀好意的过客

坚决拒之门外

每一朵浪花都是一位士兵

曾经的侵略者掉进过

人民战争的汪洋大海

我用大海写上你的名字

写下一条河流对大海的热爱

滔滔海面是我所向往

向往每片海域都亲切地团结在一起

让宽广无垠的大海成为和平之海

成为友好交往的大舞台

我更加希望钓鱼岛同普陀山岛一样

同黄山泰山一样全世界的朋友

都可以自由往来……

201309

| 红　船 |　穿过大雾弥漫般的夜色

我驶向了预定的水域

成为一条有担当的船

我知道身为船

即便失去船的功能

我也必须选择水

必须按舵手的意志

选择停泊的位置和方向

201610

北京西边的一家宾馆

像穿着夹克衫

站在路边站牌下等待公交车的人

北京西边的这一家宾馆

门脸平常

只是这几天

进出的客人

非同寻常

这些面孔大多上镜率很高

有的常在中央台露脸

有的常在地方台发出声音

但在这里

他们跟普通人一样

彼此见面也同样

拍肩　握手　打招呼

在电梯上上下下

彼此拥挤着贴得很近

餐厅里排着队取盘子

再拿一双筷子

挑选简单的几样菜

吃着统一的自助餐

可他们在讨论问题时

都有独到的见解

他们的言语的确

非同凡响

他们的声音是在为国家定调

他们的手势是在为国家把脉

他们的举动是在为老百姓

谋福祉啊

他们的笑声有时候很重

他们的咳嗽有时

意味深长

几天的闭门神仙会

最后汇成一种有力的声音

向世人公布

让世界睁大了眼睛

北京西边的这家宾馆

又在热烈的掌声中

归于平静

200710

| 给雷锋的信 |　在中国你已锈迹斑斑

你的名字长满苔藓

听说你手背上的那块刀疤

现在又发炎了

而且一下雨就淌黄水

很像铜锈色的那种水

不发光的日子

你更是一个标准的中国人

极普通

所以人们再难从人群里发现你

但你一直深爱着这个祖国

出国风刮得人心如草

摇摆着东南西北的欲望

你始终保持传统本色

说来也怪

好多人花钱拉关系也难搞到护照

你却不要办手续就出国了

听说美国一所军校拣了你

如获至宝

他们正在热情地擦拭你的经历

想把你安装在美国的机床上

你是一颗中国的螺丝钉

你不崇洋媚外

你忠于革命忠于党

可是……

你很难过

你对那里的生活很不适应

因为你过惯了艰苦朴素的生活

到了新的地方你就老想家

老想起小时候的日子

只是吊死你母亲的那根绳子

已被邻居拿去拉"关系"了

你开的那辆汽车也修好了

而且卖给了个体户

用来专门长途贩运云烟和阿诗玛

砸死你的那根电线杆

也已经重新换过

现在又通了电话

很灵

可以直接拨到前线指挥所

那位爱"骂娘"的雷军长的老战友也用过

哎　出去了就别想那么多

真的,你千万不要难过

老呆在一个地方也不行

出门见见世面也好

既然是人家收留了你

就是看得起你

我想你到哪都不会给中国人丢脸

而且我相信你不会被人家的高楼大厦

挡住回望家乡的视线

我相信你终有一天还要回老家看看的

叶落归根嘛

你说是不是?

198812

一把剑
梦想出鞘

我是一把梦想出鞘的剑

我有一万个瞬间出鞘的理由

然而,近一个世纪

一直隐忍在袖子里

一把有道德的剑一忍再忍

如同一个民族用近一个世纪

努力要把那些应该记住的日子忘记

忘记仇恨甚至淡化胜利

一直期望伸出善良友好的手

轻轻拍一拍邻居的肩头

把邻里间的亲情重新拉在一起

南方多变的天气呀

总是不断传来雨水踢踏的脚步声

一年又一年一遍又一遍

从我的身上走过去

像怪兽用魔爪把夜幕拉开个让人失眠的口子

我同样地听到了醒来的巨人的脚步声

没有一刻停留迟疑

像工匠一锤一锤敲打一块青铜的初心

如同一个梦从大地深处醒来

如同一块骨头离开我多年

又从土地里刨出来

我来自泥土

我要立地为魂

我来自一块青铜

我要再一次铸魂入剑

这剑身,是在火焰的胎胞里抱出来

这剑刃,是在猛兽的牙床上拔出来

这剑柄,是在祖先的忠告中传下来

这剑鞘,是在隐忍的老根里挖出来

这剑魂,是在石头的内心里掏出来

但我一直不想轻易走出剑鞘

一把沉睡中的剑

入鞘决不是沉醉

果实已经长满枝头

太阳已经把国家照亮

我是剑　梦想已经出鞘

这剑从大地的疼痛中抽出来

这剑从长风的长啸中抽出来

从我的一根肋骨中抽出来

从我的一腔热血中抽出来

抽出来　一把

梦想出鞘的剑

如同一个等待出征的人

渴望明确方向——

剑指波涛，我是一柄深蓝之剑

剑指九天，我是一柄倚天之剑

剑指魔爪，我是一柄斩妖之剑

剑指界碑，我是一柄和平之剑

即使在剑鞘中等待

我也是一柄忠烈之剑

剑鞘里一个灵魂

 醒

 着

祖国 我要出鞘

201703

5

士兵花名册

第五辑
故乡喊我

| 遗 书 |

那时我十八岁的生日

还在路上蹒跚

根本不可能去想如何安排身后事

可出征前我们都要写下遗书

说实话

我所有的财富和情感

甚至包括单薄的思想

就像那张等待写下遗言的白纸

没有多少事情需要留下

一个年轻士兵的遗书中

只能写下　妈妈

如果我不能从战场上活着回来

请您一定不要伤心（其实我们知道

没有一个母亲能做到）还写下

想我的时候就站在村口

像儿时一样

对着庄稼地或那棵桑葚树

喊我乳名

201604

孤独的母亲

微弱的灯火像一片霜打的树叶

在面前摇摆

你每天晚上都难以成眠

因为你有一件永远做不完的事

儿子的衣服破了破得很厉害

你一心要把它缝补得整整齐齐

春天缝好后夏天又拆开

秋天来了你怕冬天把儿子冻坏

于是那针线便日日　刺破夜的眼

这件衣服是儿子临走时留下的

上面让炮弹咬出那么多洞

那么多血……块

"血块也是洞

不缝上穿出去多难看"

儿子爱干净　从小就这样

母亲疼爱地抬起老花的双眼

看一下挂在墙上

哦　笑而不语的儿子——

在母亲眼里　多像他父亲……

1988

| 战争的钢铁 |

我在战场上捡到一块弹片

这是一块战争用过的钢铁

虽然它已经被撕裂　扭曲　不规整

但捧在手上依然能够感觉到

它是一块好钢

我知道它呼喊着飞过来

就是要结束我和我战友的生命

断了我们回家的念想

可它最后像一个悬念

落在了我手上

我要把它打造成一把菜刀

让好钢用在厨房里

以节省母亲或妻子切菜时手上的力量

我还要用剩余的那一小块

打磨一把钥匙

打开故乡

那扇久别的家门

201607

故乡在喊我

一场激战过后

我听见故乡的炊烟在喊我

那声音来自故乡腹部

而此刻我的腹部已漏洞百出

像一截喷溅着血色音符的长笛

当炊烟与硝烟推搡在一起

请不要犹豫

就用我布满弹孔的躯体

为大地吹奏一支安魂曲

201502

一条河
在大地上走着

一条河流在大地上走着足迹深深

它不愿意回头像我的血

在浊世中一刻没有停止流淌

如同一条伤痕走在大地上

201605

午夜
从天安门前走过

这个夜晚很深

像老家门前的那口井

我独自走在这口井里

寻找出处

那张全世界都熟悉的面容

慈祥地望着我

为我提示道路

他的微笑中流出人类的黎明

广场啊

童年记忆里

父亲渴望拥有的打谷场

没有谷物

那随风扬起的声音

不见粮食

只有风沙

长安街

我梦中的家乡河流

接受着车轮碾压

和声音的冲刷

已经不生长鱼虾

那些夏日里茂盛的水草

都成了文物

我不知道

若干年后

人们走到这里

是否还能听到

一个人

曾在午夜从这里发出呼喊

那声音或许已幻化成

清脆的风铃

200710

会议中的广场上空

这里的天空同家乡一样

只是天空下的事物不同

只是人们关注程度不同

天空有眼睛

天空的眼睛不长在头上

长在人类的心里

我们仰望天空时

其实

是在同自己的灵魂对视

200710

把诗歌放进一条江里

如果可能　我要把我写下的所有诗句

放入你的怀里——涮洗

洗去炮火洗去硝烟洗尽

枪声洗尽伤痛与呻吟

洗掉诗中的细菌与语病

像编辑家的大笔删繁就简

只留下那些

像你一样干净的灵魂

呵　一条命运般的江河呵

到处的水都已很浑

只有你还干净着呀

如果可能　我要把你流动的柔情和

一路溅起礁岩般坚硬的诗句

装进我的行囊去告诉

四面八方会写诗的朋友

面对你——我要收起

祈望成为诗人的梦想与痴情

收起早已写秃的一支笔

写了半辈子的文字

谁的诗句能像你一样

让人过目不忘

201406

我要在桃花开前回到故乡

我要赶在桃花盛开之前回到故乡

我知道没有一枝春天只属于我

我知道我也不属于哪一枝春天

我更知道没有哪一枝春不属于我

就像没有一朵桃花没有春天

没有一个春天不温暖人间

201602

| 思乡的火车 |

一列思乡的火车

像一个归心似箭的士兵

平日里怀揣村庄巡逻站哨

一年又一年啊

把思念的铁磨成了一根针

故乡远远喊一声

便一头扎进童年瘦弱的炊烟里

201408

望 乡

把酒喝成眼里的白云和流岚

便有一双欲望的翅膀

在天空中飞

目光醉得摇摇晃晃

满满的思恋溢成家乡的小河

但见雁叫声声　流水潺潺

哦　三月的柳丝已垂成白发

那是谁轻轻为你揪下一根

捻成一管牧笛

在河边　在树林轻轻吹奏

于是千孔之音符

飘洒止不住的季节雨

1987

| 老　屋 |　老屋是一只高高举起的手

握紧从门前通往远方的路

而通往远方的路

是你握在手心里的一根绳子啊

我就是系在绳子另一头

那只永远挣不脱的风筝

201001

一枚情感的纽扣

一缕风拉着另一缕风

像一个人挽着另一个人

抖落满身雪花和内心的寒冷

揣着一腔热款款而来

轻轻翻动我置于窗台上的日历

像翻看一个人新年里的小小愿望

像翻开一层地衣下覆盖着的薄薄命运

我看到那些睡花眠草

一个接着一个睁开眼睛

一个接着一个翻了翻身子

小草嫩绿　柳芽鹅黄

一朵梅花跋山涉水

在月光下斜斜地举着一枝暗香

春暖花开

这是一年最好的时光

一缕清风不会计较岁月无常

甩掉嘴角挂着的抱怨

扔下身上背负的委屈和暗伤

用笑容挡住眼角泪水鬓角白霜

用心中的暖融化情愁

用灵魂的干净驱散雾霾

用思想的炊烟唤回故乡

用慢下来的脚印标识岔路

用一生坦荡换成我们真正

想要的每一天

啊　春暖花开

分别一季的燕子

把一句问候从远方衔来

像母亲的一个手势

四面八方赶来的孝心

一遍又一遍轻轻抚慰

聋了多年的老屋

老屋从来不曾老去

少言寡语的老屋

一直蹲在村子里

如同一兜慈祥的树根

守护着儿女们第一声啼哭

这些挂满儿女啼哭声的枝杈

一次次让老屋笑出春的味道

笑成人世间最温暖的花朵

笑成我童年的一件新衣上

一枚漂亮的纽扣

那枚我至今仍喜爱着的纽扣

把我同故乡紧扣在一起

一生都无法解开

201401

我在盘点自己

我在盘点自己

我在抚摸一年下来依然干瘪的口袋

我在跟自己争吵

我在争吵中发出的声音

都是硬币碰撞硬币的声音

我在寻找一支暗箭射来的方向

一支暗箭离弦一个人失去了天良

我在细数自己的汗珠子

每一滴都带着血的色泽

我的灵魂正向远在乡下的母亲下跪

这一年我没有做出什么像样的大事情

唯一可以说出口的是我还是母亲希望的那个孩子

201405

一枝退役的枪

乘上列车

你全身的每个关节便

铿锵作响　玩起分解动作

摇头间泪乱如雨

在沙盘似的脸庞上

缓缓爬动

这是无数次的演进与真实的冲杀

最后收获的抒情

你的表情如同一张作战图

心思布满进击路线

严肃得使整个冬天都很伤感

想想过去

你就觉得全身锈迹斑斑

而一枝退役的老枪

嘴角始终衔着一颗子弹

201703 再改

| 行走的枪 |

军人不是万元户

军人是穷的代名词

但军人是一杆

行走的枪

想家想得很苦的时候

就把浓浓乡情一缕缕

咽进肚子里

然后再将过去的日子一口一口

吐出来

把同乡呛得咳嗽不已

口袋瘪瘪的军人是不认识咖啡馆的

但军人都配备一只扁扁的水壶

好多人都记得上甘岭上

倒尽最后一滴水的那一只

而只要把它挎在军人的腰际

不论是在操场还是在战场

你看上去总让人想到

大浪滔天，军人已变成海洋

军人不是万元户

军人都很穷

再穷的军人探亲时都舍得花钱

他们不在乎归队后几个月拿不到津贴

写家书时他们常把昆仑山捏来当标点

也常把黄河拎起来冲洗自己粗黑的短发

也只有军人是用白云做毛巾的

把地球当足球

这是别人难以拥有无法享受到的

军人不是万元户

军人是穷的代名词

军人本来不会穷的

军人本来也不该穷

军人是万元户的一把锁啊

1986

| 枪 声 |

不是湘音鄂语

不是赣调徽腔

枪声

是军人的母语

九十年前南昌城头

那一声吆喝

不用翻译或解释

无论南方还是北方

五湖四海的兄弟都能听懂

因为那声音

来自灵魂深处共同的故乡

201701 改

后记

拧亮诗的灯盏

一

轻轻关上家门，放下疲惫的公文包，又走进书房。拧亮诗的灯盏，让一盏灯，照亮心底幽暗的部分，引着干净的词语来到纸上田园，手握一支笔，开始农夫般小心伺候诗的自留地，打造成为我的诗篇。窗外夜色很深，一道玻璃让我看到外面的黑又深爱室内的白。包括白色灯光照亮白纸上黑色的文字。在一片黑色的夜空下，我静静地与白色书页上的黑色文字交流。

我的这部诗集就是在这样的状态下完成的。我把别人喝茶、聊天、打牌打发走的时间领回了书房，领进我的精神领地里，让黑白不分的空气，净化为白纸黑字的纯粹。虽然我脱下军装已经许多年，但军人的情结一直"穿"在身上脱不下来。所以，你看到的这部诗集中的作品，大多是写军旅生活，或是捡拾曾经的脚印，或是怀念战友、思念家乡的诗句。

二

我的老家在皖北平原上的一个村庄。门前有一条河流在记忆中缓缓流淌。河流的堤坝像一条巨蟒，扭动着身躯从家门口逶迤向远方。这条河叫涡河。故乡除了泥土气息、青草的味道、知了的叫声、蚂蚁的秩序，夜晚特有的狗吠、清晨的鸡鸣等，在我的记忆中，最为清晰的就是这条一直在心中流淌的涡河了。家乡说是平原，除了河流，在离我生长的村庄约30公里的地方，却耸立着两座在古代文学大师笔下写过的山，一座叫荆山，一座叫涂山。由于两山中间隔着一条河，一座山在河东，一座山在河西，老家人又把这两座山称作东山和西山。相传这两座山本是连在一起的，当年大禹为治理淮患，把这座山劈开，一分为二，疏浚了河道，治理了淮河水患。为纪念大禹治水的功绩，老百姓在涂山上修建了禹王庙。当时，禹为得到地方势力的支持，还娶了当地涂山氏国首领的女儿女娇为妻，婚后禹便出门在外一心扑在治水大业上。妻子思念丈夫，白天就跑到涂山上，等候丈夫归来。女娇的思夫之情转化为内心咏叹，她等候丈夫时哼唱出的"候人兮猗"，成为中国有史可稽的第一首情诗——公认的《涂山氏女歌》。后来，女娇久等夫君而不归便化为了石头，至今在涂山上还保留着那块望夫石。陶渊明、李白、苏轼等历代文人也到过此地并留下诗文。苏辙在他的《登涂山》一诗中就写道："娶妇山中不肯留，会朝天下事诸侯。古人辛苦今谁信，只见涡淮入海流。"我就是喝这条河里的水长大的，小时候光着身子在河里游泳洗澡时，我并不知道，正是这条河孕育了中国第一首情诗。

三

这些少年的记忆不知道对我写诗产生了多大的直接影响，先人的传说也不知对我的文学和诗人梦想遗传了多少因子。上世纪80年代初期一个深秋的傍晚，一列闷罐军用火车一声长鸣，把我带离了故乡。从此，一颗心便一直晃荡在天南地北间。多年来，那一声火车鸣叫依然清晰地在耳畔回响，而那列火车驶离站台时发出的撞击声，还有闷罐列车行驶途中大海行船般剧烈的摇晃感，使我的记忆和人生轨迹至今未曾停稳。现在想来，我总觉得一个人离开了故土，就好像一棵被连根拔起的小草，飘荡不定。时间久了，便有表达倾诉的欲望。于是，在军营，白天我就在高强度的军事训练或劳动休息间隙里读诗，晚上连队熄灯号响过之后便躲在被窝里，用自制的灯照明写诗。我记得有一天晚上由于看书写作时间过久，那个用卡车灯头自制的灯，居然把我盖的军用被子给烤糊了，留下个大窟窿。那一豆自制的诗的灯盏，至今还在我的心中亮着。

后来，我担任了连队文书。那时候的文书除了处理一般的文字事务，更为重要的职务是兼军械员，就是负责连队所有武器装备管理职责。这样，连队文化生活场所俱乐部、图书室，存放训练器械的兵器室都由我负责。我的读书和写作条件有了相对改善。兵器室里，存放着全连的手枪、机枪、步枪、肩式火箭筒、手榴弹、防毒面具等。我每天在睡觉前和起床后的第一件事就是打开武器库查看一遍，见到那些武器们都在自己原来的位置安静地站立或静卧，我的心里就有一种难言的安慰和踏实。我在冰冷的武器库里写诗，我把冰冷的武器用诗句焐热，我同每一件冰冷的武器建立了一种亲情。我那种感觉是现在一般诗人无法体验和拥有的。

这些平时训练用的伙伴，一下子到了真正的战场。

四

战争的样子是小时候电影中看到的样子。即便是身为军人的我们，在和平时期对战场也仅止于假设状态的演练。那年一个盛夏，再次坐上一列闷罐军用火车，一路向西，经过一周左右大海行船般剧烈的摇晃，把我和我的战友送到西南边境小城。沿途欢送的群众一再提示我们，这一次不是往常的演习训练了。这些情景一直沉淀在脑海里，直到几十年后才从我的《开往前线的火车》《那个夜晚的月光》等诗作中自然流淌出来。

初到临战驻训点的当晚，见到附近野战医院里走出几个伤员，有的头部裹着绷带，有的胳膊吊着绷带，还有腿部负伤的拄着拐杖。我们一下子感受到真实的战争越来越近了。

我们还没有从目睹伤员的情绪里走出来，团里就在驻训点集中组织观看了第一部电影。那一天晚上天气很好，我们在星光下看露天电影，气氛却比影院里还要凝重。记得那晚放映的是《高山下的花环》，这部电影和小说之前大家都看过。但在这里，无论是观看的环境还是心情，都完全不一样了。我们看着看着，一个个仿佛都从观众席位被拉进银幕。从某种角度上讲，我们是在观看自己。那每一句台词，那每一个战斗的场面，还有家属来队的场景，仿佛是明天的自己在提前预演。这时，一些做了爸爸的首长或老兵，已经把持不住自己的情感。空气中弥漫着悲伤，夜色中流淌着压抑的泪水……我知道许多人都在心里埋怨，怎么在这个时候放这样一部电影给我们看？！我也清楚地记得，战友们对已经看了多遍的电影，从来没有这样专注，甚至都不愿眨一下眼睛。我们怕一眨眼的工夫，就找不到自己。这部小说的作者，在那个时期能写出这样厚重、真实反映那场战争的东西实在不容易。

五

随后的场景，你都可以在我这部诗集中读到了。

是的，在战场，枪炮声不绝于耳，空气中到处弥漫着硝烟刺鼻的怪味。一个朝气蓬勃的生命，顷刻间就会消失。然而，面对死亡，我仍在残酷中寻找诗的灵感，依然追寻与坚守着灵魂深处圣洁的精神高地。我在猫耳洞写诗。我在病床上写诗。我在大学的校园里写诗。我在繁杂的公务和机械的公文间隔里寻找诗的语言……我对诗，最初可能是一种喜欢，而现在却是我生活的一种方式甚至是安慰灵魂的一种仪式。

作为一个诗歌爱好者，我不愿加入诗与生活、诗与生命的讨论。我的诗中可以拧出血来，我的诗句都是战友的骨头在支撑着。我希望诗的生命不会因肉体的生命消失而消失。诗人肯定要阅读大量诗词，但公开发表的诗就不是诗人写给自己读的。现在的人群中，诗人或许是小众的，但诗歌绝不是小众的。我们不能用自己诗歌作品的苍白、无病呻吟，而用读者欣赏能力或用诗是小众艺术来自欺欺人。在绝大多数不写诗的人群里，有众多具有较高诗歌鉴赏或艺术审美水平的人。我们通常把小说、影视、书画、戏剧，甚至生活本身是否具有诗意作为一个评价参照，说明诗意在大多数人心中是有一个普遍认可的标准的。我们难以把生活的切肤之痛或者幸福喜悦的感受，用较高艺术质量和带着生命体温的诗句表达出来，不能就用云遮雾罩的分行文字和吓人的诗歌理论来糊弄别人或自慰。"床前明月光"人人能懂，"鹅鹅鹅"妇孺皆知，"有的人死了，他还活着""为什么我的眼里常含泪水"等等诗句，读者都能理解，这些谁又能否定得了它们的经典地位？

这些都是我诗歌写作努力的方向。

六

那场战事已经过去许多年，我的心上一直被一块情感的巨石压着，无法喘过气来。几十年来，那些牺牲的战友，他们的眼睛一直在注视着我，我也一直在同他们对视！我知道，他们心中的隐痛，同我们心里的隐痛是差不多的……但我希望我和我的战友用青春和生命捍卫的热土不能沉睡。时隔数年，我手里捧着越拧越浓的怀念，一次、再次来到老山。

七彩云南，处处是风景，唯有通向老山的路没有风景。我走在一条没有风景的旅行线上。我一直固执地往我内心走着。我的内心一直走着另一个我！

那年，我三上老山。这一次，一位从总部机关来到边陲部队的年轻政委，执意要陪我一道上老山。我是重返，他是第一次探境。作为带兵打仗的首长，他认为必须感受真实的战场，哪怕是曾经的战场。他觉得，能同一位参加过那场战事的老兵，一起重返战地就更不一样了。

我们赶到老山，在主峰守备团部住了一夜。边境山区的夜色十分幽静，虽值盛夏，山里的凉有些不真实。这使我又回想到30年前的情境，我们从热如火炉的城市而来，到了这里夜晚还要盖上被子。山风吹着我的回忆。团长说，请老首长(其实我只是个老兵)放心，我们一定会把你们打下来的阵地牢牢守住。虽然都知道这些话中有许多客套，当时听了依然有些神圣。内心一阵雷霆滚过，热血一下子涌上脑门。好像他们真的接过了眼前的一片江山，又似乎那是我们把这一重担压在了他们的肩上。其实，我们都是挑担赶路的普通脚夫，只是中途彼此换了一下肩而已。

烈士陵园，我们在哀乐声中，向烈士墓敬献花环。我们向烈士祭酒、点燃一支又一支香烟。轻轻走过九百余座坟茔，逐一抚摸那冰冷的墓碑，仿佛抚摸一个个冰冷的额头。他们用青春的容貌迎接我，我已是雪染两鬓，还有一颗千疮百孔的心……我喊着他们名字，我要把他们沉睡的名字喊起来，我希望他们不能就这样沉默着沉睡在大山里。在行走的人群中有多少已经丢失了灵魂的脚步，还需要他们去帮扶和导引，有多少发热的头脑需要他们清贫的口袋去消热，有多少没有了良心的偏见需要他们的生命砝码去平衡。

老山是一部厚厚的兵书。这部书里倾注了我们太多的情感。我读着它，走进战争。没有比老山更精神的石头，没有比老山更沧桑的石头，更没有比老山更顽强的石头。

也没有比老山石更温暖的诗句。

老山是生命之山，枪林弹雨，地雷翻耕，炮火轰击，碎裂再堆积，不管有没有人把手放在它冰冷的胸口，有没有人关注它冰冷的额头，倒下去再傲然站起来。

老山是灵魂之山，它一直跳动在我的躯体里，耸立在我的脑海中。一座座墓碑，一颗颗鲜血浮起的头颅，牢牢固守情感的至高点上。

老山是精神之山，它站在我的思想上，它支撑起我的意志，提醒我人生的脚步，清洁干净着我的灵魂！我在呼唤战友的时候，我想这声音绝不仅仅是坟墓里的灵魂能够听得见，这声音也应该会传到更远的地方。时间可以让天空黑下来，但太阳不会不管。如果厌恶那种黑暗，何不去做照亮黑暗的那一缕光呢？

我拧亮诗的灯盏。我活着，而我那么多的战友永远躺在了那块红土地上。我一直希望把他们倒下的名字给喊起来。我愿意做一个为牺牲的战友喊魂的人。我的诗虽然力气很弱，但这些柔软的诗句，尽管不是颗颗子弹，而也绝不是带着世俗色泽的一地叹息。我喜欢30年前部队赋予我的"战士诗人"这个称呼，我觉得真正的军人、真正的战士不只是在生死前沿的那一刻。脱下了军装，脱不下军队培养成的特质。如何保持战士的本色，以军人的特质，用战士的情怀、姿态和激情去面对平凡的日常生活，更加重要！即使脱下了军装，还有转业军人、伤残荣誉军人的称呼清晰界定着我的身份。一个退役的老兵，嘴角仍然含着一颗子弹，坚守在精神高地上。因而，抒写强国强军、追梦圆梦、歌唱祖国、礼赞英雄，重犁深耕那一段难忘的从军岁月，立根铸魂、传承红色基因，理当成为我不懈的追求和使命担当。我一直觉得，选择诗歌便选择生活在爱里。那每一粒汉字都是一位善解人意的朋友，每一句诗行都是一缕温暖人心的阳光。我写诗不是为了把文字分行，而是为了将走远的人一个一个拉近。

七

公务之余，我把自己大多创作于近年的军旅诗作整理出来，为给读者提供时间上的连续性，也选了少量旧作和体现士兵情感丰富性的诗作，定名《士兵花名册》。这部诗集，虽然还有一些不尽如人意之处，但可以说，这是我的心血之作，或者说是我的血泪之作。几十年过去了，那场战争，像这部诗集每首诗作后标注的创作日期，让有些读者似乎一眼难以辨识；但在我们这一代参过战，甚至于没有参过战的同代人的心里，都留下了无法消弭的深深的疤痕！在建军90周年之际，我把这部诗集，作为献给战友们的一份诗的花环。

在这个集子编辑出版过程中，得到多方面的鼓励和支持。在这里，我要特别感谢中国作协原党组书记金炳华为诗集撰写序言；著名军旅作家李存葆也欣然为诗集再添华彩；著名军旅诗人刘立云应邀担任诗集特邀编辑，著名诗人柯平在百忙中仔细审读了诗稿，提出了中肯的修改意见和建议；浙江日报报业集团、红旗出版社的领导、编辑，就书稿如何定版、如何编排等花费了大量心力；还有我的家人、朋友等等，都以不同方式对本书的出版，提供了帮助和支持。在此一并表示感谢。

20170105

附录

名家赏读陈灿诗歌摘编

　　同是用文字表达铁血豪情,一个暗自在胸脯上贴胸毛的人,和一个真正敞开胸膛准备上战场的人,是有本质区别的。换句话说,在陈灿的战争诗里的"诗"和"人",已经血肉模糊地纠缠在一起,融合在一起,"人"是"诗"的魂魄,"诗"是"人"流淌在如火如荼文字中的血液、心跳和呼吸。你如果有心去亲近这些文字,抚摸这些文字,你会发现它的字字句句都是滚烫的、灼热的。捧玫瑰而低吟,握刀剑而狂歌。用诗歌的力量完成对自身的救赎,这是陈灿以令人心惊和心颤的毅力创造的生命奇迹。结合他这些真实的遭遇去读他的诗,细心品味他隐去鲜血、泪滴和呻吟的每行文字,你只能从心里发出赞叹:陈灿战胜伤残,重新站起来的过程,其实就是一个化蛹成蝶的过程。而且,这么多年来,他依然时时用诗歌提醒着自己的脚步,用诗歌清洁干净着自己的灵魂,这样的人生过程本身就是一首韵味深长的诗。

　　刘立云(著名诗人、第五届鲁迅文学奖获得者、《解放军文艺》原主编)

陈灿坚守在战场与日常机械生活的两个高地上，用他独特的视角与思维方式，进行诗歌创作。读他的诗常会产生一种惊惧、震撼之后的惊讶与感动。他的诗中常常用"同时间异空间""同空间异时间"的思维表达方式，这种极度时空转换对移，产生强烈的阅读冲击力。这是真正懂得诗的人写出的诗。他是个早慧的诗人。有的早慧诗人开端即顶点或终点。但陈灿不是，他虽然也一度沉默很久，从他的新诗作中可以看出，他是沉默在对诗歌的探索中。从他的诗歌创作中对从生活化到虚拟化、再到特殊的思维表达方式这三点的把握看，可以说，陈灿一直走在不断走向成熟诗人的康庄大道上，这样的诗人在我们浙江出现应该是值得骄傲的。

骆寒超（著名诗歌评论家，浙江大学原中文系主任、文学教授）

陈灿的诗主要分穿着军装和脱掉军装两部分。我们常说一个诗人诗写得好不好，或者是判断一首诗的好坏，重要的是看他对自己的生活、对自己的情感是否忠诚，这一点陈灿无论身份怎么变化他始终都做得相当到位。他用幸存的生命抒写带着较高生命质量的诗篇，他的诗能够一步抵达生命的底部。

商震（著名诗人、《诗刊》常务副主编）

当下纷乱繁杂的诗歌现象中，什么样的诗是好诗？陈灿的诗应该说是占着主流的一种。我之所以看重陈灿的诗，是因为陈灿是一个特别有"坚持"的诗人。他的诗歌同他的生活一样，从战场上下来一直走到今天，发生了很大的变化。但他情感的底色和质地没有变，思想的本色没有变，他在变中又保持了许多不变的东西。这是最难能可贵的。陈灿的诗既有很坚硬的一部分，也有柔软的一部分。既有作为军人的大气，又带有包容、穿越性的表现，能够把高度政治化的东西诗意化。

阎晶明（著名评论家、中国作家协会书记处书记）

读了很多的军旅诗，但读了陈灿的诗后还是有一种意外的惊喜，带来强烈的震撼，有着"敲碎骨头揉成沫"的感受。他的军旅诗，是来自生命最强大、最真实的声音。我看到一个战士对国家、民族和战友以及亲人的情怀。他的人生轨迹、生命轨迹在诗中清晰可见，更能够感受到陈灿在人生和生命的轨迹上，没有被生活甩出去，没有被人性甩出去，更没有被艺术甩出去。他的作品一直在生活中、在艺术中、在人心里。他写得豪迈、激越、崇高、机智、深刻。陈灿的诗歌中有着对民族的深情和挚爱，也有着对当下精神、道德缺失的忧虑与伤痛。即使脱下军装退了役，但他对国家的爱没有褪色，对民族的情感没有退伍。陈灿的诗是向国家和民族致敬的诗，向国家和民族表达大爱的诗。他的诗想象非常绵密、独特，诗意十分丰沛充盈，既给人以情感上的感动，又给人以艺术上的感染，有着直抵人心的力量。

彭学明（著名作家、评论家，中国作协创联部主任）

早在上世纪80年代,陈灿就以他裹挟着浓烈硝烟味的战地军旅诗步入诗坛。因而,品读他的作品,无论是早期在猫耳洞里创作的诗稿,还是近期对现实生活的观照与思考,你都能够感受到一个战士那激荡的青春与澎湃的诗情,触摸到一个战士诗人那颗不屈的精神品格。陈灿在诗歌中记录的军号声、枪炮声、手术台上的电钻声以及母亲看见重伤儿子的哽咽声已随着那场逝去的战争渐渐远去了。但那些声音坚硬的内核却仍如雷鸣般冲击轰响着,强烈地震撼着我们的情感和灵魂。

耿建华(诗人、著名诗歌理论家、文学教授,山东大学文学院原院长)

陈灿是浙江的资深诗人。他是一个有自己明确写作方向的诗人,多年来一直在默默向前走着,同时也不在乎行走速度的快慢,这样的心境和处世态度,本身就是写出优秀作品的前提。当年他在老山猫耳洞里写下的那些作品,让人记忆犹新。最新出版的诗集中,如《午夜从天安门前走过》《会议中的广场上空》等,都是集中的上乘之作,那些刻摹官场生态的诗作,于无佛处见佛,无诗中觅诗,毫无诗情的题材,却能写得触目惊心,可见身手不凡。对于他的艺术追求,著名军旅诗人刘立云称之为"捧玫瑰而低吟,握刀剑而狂歌"。这个定位可谓相当的准确。

柯平(著名诗人、文学教授)

陈灿的诗不仅仅是诗人之诗，更不仅仅是政治抒情，它更是前线战士自身的美学，伤兵对生命的本位陈述，政府工作人员的审美尺度和老兵的伦理之反映。

如果说，小说和电影已经如此盛情地描绘或歌颂过那场"自卫反击战"，那么，在诗歌上，对这场战争的表达恰恰是稀缺的，尤其是对战争后的老兵的际遇的书写更是鲜见。毋宁如是说——陈灿以一个纯粹的诗人和纯粹的战士的方式，谱写了一曲不同于小说的"虚拟现实主义"和电影的"革命浪漫主义"的歌，用战士的素朴规范诗人的艺术，又以诗人之诗心规范战士之措辞的自觉和严谨方式，填补了诗歌史中对自卫反击战争及其话语的历史延伸之叙述和抒情的空白。

说是"花名册"，其实并无名字，它是为国家为民族献身的无名英雄的肖像、故事和老兵们的际遇的集合，是一位老兵对众多老兵与老兵精神的捍卫。

这个世界上，老兵很多，然而，坚持以老兵的身份写诗，坚持为老兵代言的军旅诗人却并不多。唯有亲历战争，并曾经身负重伤的老兵才懂得缅怀战士不仅仅是情感，也是责任；也唯有经历炮火洗礼的诗人才理解老兵不仅仅是昔日光荣，更是民族长城的基石。当我们阅读陈灿的诗，读到的不是战争废墟上的追怀与浪漫主义的想象，而是历史战场上真实的刹那再现——这种现场再现的方式也渗透到和平年代的每个庄严肃穆的地点——在战友、敌人和恋人之间继续以一种严谨的态度完成老兵的雕像。

章闻哲（诗歌评论家、诗人）

到杭州不是去看西湖。去看陈灿。陈灿，温润如玉，是有体温的西湖。

自天津，至上海，转杭州。携妻女。为与西湖边上的诗人陈灿说几句话，喝两杯酒，聊一次天。

四十几年，第一次、第一个主动拜访的诗人，是陈灿。

是他的诗策动了我。

曾经在鲁迅文学院相见。陈灿做了一次研讨式的报告。听他讲诗，讲诗人，讲诗人情怀，讲诗人情怀的离别、聚散、生死。

于是感触。于是感动。

用感动吗？

感动无准备。

有准备的感动是演戏。

多年来，浮尘、世事、人情、商政经历太多。苦、辱、荣、誉、钱、色、生、死，我哪个没见过、没受过？

陈灿魅力何在？

一个"一手抚摸伤口，一手握笔写诗"的人。一个参加过战争、把命丢在老山前线又靠意志捡回来的人。一个曾经身残、现在也身残、却让人看不到和不相信有残的人。一个东南某省委机关的军转干部，却有着"刀枪入库，马放南山"之胸怀的人。一个敏于事而慎于言、三省吾身、三思而行的人。

是陈灿,诗人陈灿。

张建云(著名财经作家、国学学者、商道传媒董事长)